狮子的恩典

孙频◎著

图书在版编目(CIP)数据

狮子的恩典 / 孙频著. —南京：江苏凤凰文艺出版社，2024.2

ISBN 978-7-5594-2624-6

Ⅰ. ①狮… Ⅱ. ①孙… Ⅲ. ①中篇小说—中国—当代 Ⅳ. ①I247.5

中国国家版本馆 CIP 数据核字(2023)第 250048 号

狮子的恩典

孙频 著

出版人 张在健
责任编辑 胡 泊 李 黎 孙建兵
特约编辑 王 怡
责任印制 杨 丹
出版发行 江苏凤凰文艺出版社
南京市中央路 165 号，邮编：210009
网 址 http://www.jswenyi.com
印 刷 苏州市越洋印刷有限公司
开 本 787 毫米×1092 毫米 1/32
印 张 5.25
字 数 59 千字
版 次 2024 年 2 月第 1 版
印 次 2024 年 2 月第 1 次印刷
书 号 ISBN 978-7-5594-2624-6
定 价 42.00 元

1

我骑在沙河街的半截石狮子上看着人来人往。

这石狮子据说是唐朝的遗物，和它同代的石狮们早已灰飞烟灭，不知为何这只石狮能单独存活了一千多年。就蹲在街边看着一条街上的人们生了又死，死了又生，人家十道轮回都不止了，它还独自在这儿蹲着，守着一片过于阔绰浩瀚的时间，显然对这反反复复的人世早已了无兴趣。风吹雨蚀，它早已不复有狮子的威严，简直苍老得快遁回原形，老成一块没有形状的石头。我小时候它就在这里，到我年近四十回到家乡的时候，它还在这里，半截屁股已经被砌进了水泥路里，更动弹不得了。

从前，我每次在沙河街上看到它都忍不住要过去摸摸它的头，觉得它苍老而孤独。心里还是有些替它难过。这次见到它却连难过也没有了，只有惊讶，惊讶它居然还在无边无际的时间里流浪，永远上不得岸一样，简直像个永远被流放的囚犯。我骑在它身上，它也驯顺不语，像匹苍老的坐骑。金色的阳光煦暖沉静，带着一种软绵绵的重量落在人身上，一时竟恍惚觉得自己正沉在水底，借着浮力，举止轻盈。我坐在那里看着人来人往。忽然想起从前经常听到田淑芬对她儿子龙龙呵斥，去，到街上数人头去，看看一共走过去几个人。那时候怎么能知道，原来在街上看人居然也是一件这么有趣的事情。

这条沙河街在明清时候是县城里的商业街，不知道这名字从何而来。街道两边店铺林立，至今还能看到那些陈旧阴暗的店铺上面，刻在石头上的字，“花布集贸”“花换银钱”“义全泰皮坊”“玻璃制镜厂”“三毛镶牙照相服务部”，还有一家“中国人民银行”上面刷了“发扬三八作风”几个褪色的红字，“合顺德皮坊”改成的供销社上面还隐约可见五个油漆大字“为人民服务”。

还有几天就是中秋节了，街上来来往往的行人，不管男女老少手里都举着一枝刚买的圆儿香，中秋这天插在院子里点一天，直到晚上皓月当空之际，还有余香袅袅，盘踞月下。香尽了节日也尽了。我看到两个烫着爆米花头的中年女人挽着手过去了，手里拎着红心苹果和巨峰葡萄。一个高个子男人晃过去了，一只手插兜，另一只手拎着两只鲜艳的火龙果，这热带水果居然也从南方混迹到北方的中秋节上了。一个胖女人拎着一袋胡萝卜过去了，大概是准备包饺子，走着走着忽然擤了一把鼻涕，用力甩在地上，又随手抹在了自己的鞋跟上。一个十五六岁的女孩两手空空地走过去了，长头发太黑，看起来全身的重量都集中在这头发上了，显得头特别大特别沉。她一边走，一边不时地抬起左胳膊晃动，她走过去我才发现，是她左手上戴了一块巨大的手表，她正把手表当镜子在墙上照来照去地悄悄娱乐着。

有个拄着拐杖流着鼻涕的老人忽然从天而降，大声呵斥我，石狮子也是人骑的吗？我忙从石狮上滚下来，他又盯着我使劲看了一会儿，忽然说，我认识你。我半信半疑地说，你当真认识我？他狠狠吸了一把鼻涕，然后仰天大笑道，怎么不认识，你不就是个中国人嘛。

我晒着秋天的太阳，两手插兜，像个真正的闲人一样，沿着沙河街慢慢往前溜达。这条老街因为明清时候留下来的那点底子，躲过了前几年轰轰烈烈的县城改造，县城里的其他道路基本都被拓宽了几倍，唯独这条街保存了个大概样貌。在县城改造中，我小时候经常去玩的文庙、城隍庙、覃氏族亲石牌楼都已经不见了，卢川书院如今变成了卢川饭店，小时候跟着我妈去买东西的五一大楼、盐业果品公司如今都已经变成平地了，又在上面铺了马路或者盖起了新的楼房。它们都消失得了无痕迹，像从来就没有过一样。据说下一步连圣母庙旁边的却波湖也要被填平盖楼了。

但一走进沙河街，时间就失效了，好像这是一个时间的黑洞。那些老店铺如今已经被改成了素素理发店、织毛衣培训学员、李帅杂货店、五茂粮油店、郑黑小喜寿店，连府君庙也被改成了印刷厂，基本变成了平头百姓们聚集的地方，以做小生意摆小摊为生。以前听人说过，经济越萧条的时候，沿街做小买卖的平头百姓就越多。都出来谋点生计。

走着走着忽然看到一扇靠街的窗户，四块玻璃上贴了四个囍字，居然一个比一个大，最后一个简直有人脸那么大。好像在流年更迭中这个囍字也趴在这玻璃上长了不少个头。

我在一个四合院门口停下，这门楼挺阔气的院子在1949年前是法院，后来被改成了幼儿园，我小时候就是在这里上的幼儿园。大门开着，里面阒寂无人，我悄悄走了进去。院子里一片荒芜，杂草丛生，当年的一只木马和一只滑梯都已经不见了，只有北面两间正房还有人声。院子里养着些鸡冠花、胭脂花、珊瑚樱、宠物辣椒。鸡冠花十分肥大，真像肉质的鸡冠，都种在旧脸盆和旧饭盒里，吃完的鸡蛋壳一只一只扣在脸盆里，好给花草们补充些营养。猛一看过去，倒像刚刚长出了一脸盆鸡蛋。我忽听到正房里传来两个女人的声音，你说我的头发要不要剪?

剪短点倒是显得人精神。

真没事?剪得太少便宜了剪头发的，反正剪短剪长花的钱是一样的，让它再长段时间。

今天中午把院子里那鸡冠花炒着吃了吧，长了那么多肉，好吃呢。

吃倒是好吃，就是颜色看着有点害怕。你说我的头发到底要不要剪。

剪短点倒是精神。

剪也剪不了多少，便宜了剪头发的，让它再长一长。

我从幼儿园出来继续往前游荡，前面一个破旧的四合院，门楼颓败，石狮坍塌，屋檐上长满荒草，站在门外往里看去，却看到影壁上用油漆刷了一个巨大鲜红的十字架，使这破败的院子看起来有了几分教堂的肃穆。再往前面就是刘太凡和游承恩还有卞振国三人合开的商店，不过刘太凡一定要叫它门市部，就像她一定要把所有的饭店都叫成食堂，把所有的单位都叫成公司，这都是她二十多岁时的叫法。她像是单独乘坐着这世界上的最后一班公交车，永远不让它到站。

刘太凡是我妈。这门市部在 1949 年以前是汇源隆票号，后来做了私人的百货庄，后来被国营的百货公司收购为二门市部。一九九九年县百货公司宣布倒闭，大部分职工下岗，剩下的小撮人通过投标的方式承包了百货公司的柜台，刘太凡等三人则合伙承包下了位于沙河街上的二门市部。

我小的时候，经常在百货公司的柜台后面玩，有时候还会在捆成一包一包的毛巾和衣服上午睡一会儿，像沙发一样。承包二门市部之后我却轻易不愿踏进这里半步，那时候只觉得这门市部看起来像座阴郁破旧的寺庙，窗户都是黑咕隆咚的，也看不清里面有什么。刘太凡又是个很爱打扮的人，她有一台蜜蜂牌缝纫机，经常把从前的旧衣服进行加工或拆开重做。有一次她把黑白两件旧衣服剪成布头，给我拼了一个奶牛一样的书包，惹得人们纷纷回头看我。她还经常把自己不能穿的旧衣服改成我的新衣服。她尤其喜欢粉色、玫瑰色这类异常妩媚的颜色，与那破败阴郁的门市部放在一起，竟会让人心里不由得暗暗生出一种恐惧来。

我上学放学都恨不得绕开它。以至于我上大学后一个同学暑假到我家来玩，我带着她在街上溜达了一圈，她看到二门市部就问我，这是什么地方啊，能不能进去参观？看着像座文物啊。我目不斜视地带着她从二门市部前走了过去，当时刘太凡就坐在里面看着我们从窗前走了过去。

我走进店里，里面的光线昏暗悠长，好似黎明或黄昏长期沉睡于此，早已被外面的光阴所遗忘。阳光永远走不过去的深处是三面老式柜台，孤岛似的浮在暗影里，人走过去却猛然看到柜台下面轰然怒放的五光十色，日杂百货一应俱全，反被这么齐全的颜色吓一跳。如今县城里的大小商店几乎都已经改成了超市，绝少见到这样老式的柜台，猛然看见，只觉得恍如梦境，仿佛这段时光不过是栖居在另一段时光里，像鸟栖居于树，血液栖居于皮囊。有两根大柱子支撑着房梁，椽子间居然还住着一窝麻雀，每天早出晚归，见了人也不生分，老邻居似的。

外人进来见全是日用百货，只以为是一家开的店，却不知道其实是三家分晋，各做各的生意，各揽各的顾客。

店铺的中堂部位摆了一张破桌子，三条木头长椅，可坐可躺。生意冷清的时候，三个人就围着桌子坐成一圈，摆一把膀大腰圆的巨型茶壶，说话、喝水、撒尿，尿完继续说话、喝水、撒尿，然后再继续，再再继续。

我走进去一看，满头白发的游承恩正戴着那副巨大的塑料框眼镜看一本破旧的武侠小说。他老婆田淑芬两年前就去世了。我记得冬天的时候，那田淑芬总是穿着极臃肿的棉衣棉裤坐在店门口晒太阳，她身上有一种植物的质地，几乎不动，喜欢盯住什么便一动不动地看大半天，若对面是一堵墙，我总疑心这墙会被她看出一个洞来。她不大会笑，还有糖尿病。据说游承恩当年是因为家境贫寒而入赘到田淑芬家里的，所以他们的儿子龙龙也姓田。因为田淑芬的祖上是做皮货生意的，当年“交皮甲天下”，祖父手头颇有些存货留下。后来游承恩带着田淑芬去省城一次一次看病，每次去之前都要变卖一件做皮货生意的祖上留下来的古董。

因为糖尿病的缘故，游承恩家里翻箱倒柜都找不出一块糖来，据说龙龙十几岁了还不认识糖。而且终年不敢吃肉，包饺子只包素馅，青菜饺子煮满满一大盆，薄而透明的皮泛着幽幽的绿色，像从树上长出来的。那时候，他一家三口人围着一大盆饺子坐在店门口吃，只见白气缭绕不见人脸。因为田淑芬生孩子之前吃多了治糖尿病的药，所以龙龙从生下来就比别人迟钝，个头却又太大，似乎从来就没有正经像过一个婴儿。龙龙读完一年级从二年级开始就再升不上去了，光二年级就上了三个。同龄的小孩准备考初中的时候他还在二年级教室的最后一排坐着。那座位极为宽敞，是专为他一个人开辟出来的，像一个专门的农场。

从二年级辍学后他便陪着父母看店。每天下午他就搬个板凳坐在店铺前，手里拎着一袋硕大的菜包子，那是田淑芬为他准备的零食。他用一下午的时间把十几个大包子慢慢吃下去，先吃皮再吃馅，或者先吃馅再吃皮，再或者把馅偷偷抖搂出去，把皮撕下来撮成面鱼吃，边往嘴里塞边得意地偷笑。他一个人刻苦钻研着各种各样的包子吃法，然后在天色刚刚开始暗下来的时候他就赶紧问田淑芬，妈，该吃晚饭了吧。

龙龙偶尔也会问一些比较深远的问题，

他问田淑芬，妈，你说我长大了可怎么活呀？妈，你说我将来能不能娶到老婆啊？要是娶不到老婆可怎么办啊？田淑芬正给一个顾客找零钱，听见这话，数钱的手暂时停下，瞪着他，厉声说，去，先到路边数人头去，看看一共走过去几个人。龙龙马上转了个话题，那我先吃一碗肉炒面吧，就一碗，下次就不吃了，再也不吃了。

最后他还是成功地拿到了两张钱，忙跑出去在十字路口的小摊上买了一碗肉炒面。然后一路小跑着，气咻咻地把一大碗面抱了回来。他不再屑于和别人说话，也不看别人，似乎看一眼就会被人吸走手里的面。他把小山一样的面摆在自己正前方，直视着，带着十分虔诚的表情。然后用筷子急速往嘴里划，嘴里是满的，眼睛里还是无休无止的急切与恐惧，生怕被人抢走似的。游承恩两口子在旁边惊惧地看着儿子的吃相，一直看着他吃完最后一根面。龙龙吃完才敢看人了，他打量着周围，怯怯地犹疑地打着饱嗝。他吃饱了，整个人呈现出微醺状态，像一堆醉肉一样慢慢地慢慢地松弛下去了。

两年前快过年的时候，田淑芬突然病重起不了床。吃了十多天药还是不见好转。那天，游承恩一大早出去给她买回了新衣服和新帽子，他边给她穿衣服边大声说，老田，你可千万别给我先牺牲了。他又要带田淑芬去省城看病。一个星期后他们就从省城回来了，田淑芬每天吃各种中药西药，却再也下不了床。家里的古董卖得也差不多了，游承恩把厨房里吃饭用的碗、碟子一字排开，戴着花镜细细考察这些碗碟的年代。在鼎盛时期，他们家连喂猫的碗都是古董。一天晚饭之后，田淑芬歪在床上盯着游承恩忽然小声说了一句，我记得我娘娘（奶奶）进棺材的时候戴了一只玉镯子，玉镯子吸了死人的血有了血斑能卖得更值钱。游承恩手一抖，手里的书差点掉下去。

游承恩那段时间连店也顾不上看了，日夜陪着田淑芬。他翻着一本百家姓，不时大惊小怪地让田淑芬看，老田老田你快看，天下还有姓死的人。老田瞅一眼，面无表情地说，还有姓这个的？他便嘎嘎大笑，你不知道吧。他每天给田淑芬做四顿饭，每一顿都要做很多，因为龙龙也在旁边等着呢，简直像开了个十几号人的食堂。经常是饭菜的香味刚刚飘出来一点，龙龙就已经拿着碗和勺子认真等在一边了。

游承恩极喜欢猫，可是为了省出一点吃的，他把养的四只猫都送了人，是一只一只送出去的。猫送走后的好几天里他都不高兴，一个人趴在柜台上看书，戴着巨大的塑料框眼镜，看上去像个老气横秋的小学生在识字，只是书半天不翻一页。一个月后的一天，一只猫回来了。他怔怔看了它半天，把它留下了。又一个月后另两只也找回来了，其中一只掉了一大片毛，伤口露着红色的肉，烫掉的。半年后的一天，那第四只猫也回来了。

那是一个早晨，他一推开门，门口一团毛茸茸的黑色。听到门响，那团黑色动了起来，它有些站不稳似的，它的毛已经掉得很稀疏，露出了毛下的皮，极瘦，似乎只是一个框架了。它安静地看着他，用三只脚走到了他的腿前，温柔地蹭了蹭他的裤腿，像以往无数个早晨那样。他抱起了这只猫，隔着巨大的塑料框眼镜，满眼是泪。

几天后，这第四只回来的猫死了。它在一个早晨悄悄地出了门，用三条腿走到巷子尽头，死在了那里。据说所有的猫都会在临死前悄悄地为自己找一个角落。就在这只猫死后没两天，田淑芬也死了。她死在深夜的睡梦里，一句话都没有给父子俩留下。

刘太凡和卞振国都坐在靠窗的地方努力挤着一点秋天的阳光，后面常年不见阳光的柜台若冰山一样若隐若现。他们俩一个人抱着大罐头瓶，一个人抱着保温杯，正一边喝水一边有一句没一句地闲聊。

你说我那老妈，一个人住在村子里，不想吃不想喝，倒是每天闹着到处给自己找坟地，说是要给自己早点找个落脚地。

将来可千万别埋到山上去，死了还要爬那么高，山上还有泥石流，就在平地上找吧。

人家要埋的地方还不能离她的老房子太远，这样她随时都能看见她的老房子。

人就是麻烦，活着得有个地方，死了还得有个地方。

不死怎么行，到了时候都要死，我们以前胡同里的三个瘫子今年都死了唉。

瘫子怕不好死吧，一躺能躺好多年，就是死不了。

有儿女照料的死得就慢一点，没人照料的几天就死了。我以前隔壁那老王，儿媳妇给她做的饭，一碗面里就五根面条，一根就有香肠那么粗。我都忍不住跑过去多看了她几次，我当年刚参加工作的时候就住在她家隔壁，连人家的咸菜都吃了有半瓮。做得万恶了，总有人治她。让狗日的儿媳妇多得点病。

可不是。

卞振国虽然也在往那点可怜的阳光里凑，却娴熟地跷着一条二郎腿，这样看起来就不是硬要凑了，只是有那么一点点兴致。他穿着西装，打着领带，黑皮鞋里是一双灯泡一样晃眼的白袜子，握保温杯的那只手上戴着一只大金戒指。卞振国原本不是百货公司的职工，他是半路接盘进来的，所以我小的时候并没有见过他，只觉得他是后来忽然从天而降的，又说着一口格格不入的普通话，所以印象中他的体积分外庞大，密度也大，远非一般人可比。像是特意从外星球上千里迢迢赶过来的。

县城里人人都知道他二十世纪九十年代在古交的一个煤矿上给煤老板打工，那时候古交山上到处是私人小煤矿，煤老板们经常苦于有钱没处花，只好一麻袋一麻袋地装了钱去赌博。据说老板很器重他，让他做了矿上的二把手，什么都交给他来办。后来那小煤矿发生了瓦斯爆炸死了十来个矿工，老板畏罪自杀，小煤矿被关掉了。再后来小煤矿纷纷被整顿关停，他在山上找不到事做，就下山流落到我们县城，一时也找不到正经营生做，就做了几天小贩，又做了几天厨子。恰好他在我们县的一个远房亲戚不想干了，就把自己承包下来的柜台转让给了卞振国，卞振国从此就在我们县里待了下来。他的这点底细在县城里可谓无人不知。

在一个柿饼大的县城里，尽管人人都知道他的来历，他还是喜欢一遍一遍地吹嘘他以前那老板如何有本事，如何待他好如何器重他，像待亲兄弟一样。看起来他对他从前的老板也很是崇拜，喜欢学他老板的各种做派，打领带、戴金戒指、梳油光光的大背头，学他老板抽烟的样子，甚至说话的语气。旁人又没见过他老板，自然是无论他学得什么样子，都觉得他学得像。众人像免费看戏一样，乐得高兴，还希望他学得再像点。怂恿了几年之后他果然学得越来越出神入化。

2

卞振国见我进来，大声和我打了个招呼，大学生回来了？他永远讲着一口鹤立鸡群的普通话，也听不出是哪里人。

当年在县里读书的时候，我是全县比较有名的学生，因为从小喜欢看书，每次考试基本都考第一名，后来考上了北京的一所重点大学，在县城里也是尽人皆知的事。但那毕竟已是二十年前的事了，再说了，后来的大学生贬值如农民工，上大学早已不是什么荣耀的事。四十岁了还被人叫大学生，听着倒像陈年的尸骸。

走了一上午，我稍微有些疲倦，便凑过去轻轻坐在了刘太凡旁边，这次回家后，有事没事我总想坐得离她近点，甚至想在她身上靠一会，但一直没有这么做，我不敢，或者说，不习惯。她大概也觉得坐得太近了，有点不好意思，便往里挪了挪，尽量把那点阳光让给我，嘴里嗔怪了一句，你来干什么。她敞着脖子，脖子里系了一条粉色的纱巾，还斜斜打了个蝴蝶结。这么多年过去了，她还是不愿意让我进来，大概是还记得当年我带着同学目不斜视地从玻璃前走过的那个下午。我坐在她让出来的一束阳光里，阳光斑驳，苍老安静。

卞振国把保温杯放在嘴边慢慢呷了一口茶，又看了我一眼，忽然吃惊地说，大学生你什么时候把头发染成红色了？刘太凡一边把足有小猪大小的罐头瓶塞给我让我喝水，一边数落我，你看看，还有人觉得你染成一头红毛好看的？我扭头看着窗户上浑浊的玻璃，阳光从那里进来，被截成一片粗糙的湖面，我们三人的影子影影绰绰都落入其中。看不到脸，只能看到一顶酒红色的头发明亮地浮动着，是挺艳的。我说，不好看吗？这是今年最流行的颜色。卞振国又抱起杯子呷了一口，慢慢说，不过大学生的头发倒是比以前好了不少，又多又厚实，头发还放光呢，一看就是气血足。刘太凡诧异道，还气血足？要我说你还是把头发染回去吧，还是黑的像头发，染成其他颜色都不太像头发。

回家后的这几天里，我感觉刘太凡和我说话总是小心翼翼的，像用瓷壶一样轻拿轻放，这点轻拿轻放让我感觉自己时常手脚悬空，不知道该搁到哪里。听她这么说，我便温驯地说，那我明天就染回去。

她好像吓了一跳，忽然就不说话了，也不看我，整个人呆坐着。我觉得我们俩中间似乎夹了点什么，好像有个看不见的小孩正硬挤在我们中间。

回老家之前我一口气买了两顶假发，一顶是正戴在头上的酒红色这顶，另外一顶是黑色同款，都是长发。从前为了洗头发方便，又怕长了会掉头发，便一直留着齐耳短发，买假发的时候却无论如何都要买成长发了。心想总不能等成了老太太了再留一头披肩长发。

化纤材料的假发多是短发，因为容易打结，我就买了两顶真人头发做的假发。买回假发的那晚，我把它们供在桌上久久看着，却不敢戴。因为是从真人身上下来的东西，我疑心它们其实还活着，也许还会不停长下去、长下去。后来我终于拿起一顶放在手中，却也只是慢慢抚摸着它。一种只能是属于生命和生命间的气息细弱游丝地在发梢间与我的指尖间来回流淌。想到把另一个人的头发戴在自己头上做了它新的主人，竟觉得悚然而惊。

我考上大学的那年是一九九九年，刘太凡也是在那年与人合伙承包下了沙河街的二门市部，我父亲也是在那年突然失踪的。据说，以一千年为单位，在一个千年结束的时候，整个人类处境将有一次转化。但等时间到了二零零零年，我看一切照旧，并没有任何转化的迹象。倒是在二零零一年二月二十二日的《参考消息》上有这样一段话：“1999年开始，中国推动高等院校每年扩招30%，我国的国有工厂正面临改制，高校扩招有助于中国从一个主要出口推动的低工资制造业经济体转变成一个更加平衡的经济体。”

快二十年过去了。

在回到家乡的前几天，我在北京街头闲逛，不知怎么就走进了一条从没有来过的巷子。在巷子里七拐八拐渐渐迷路，忽然看到路边有一家很小的咖啡店，刷成白色的门窗，店门口摆着一张白色的长椅，进去里面也只有一张白色长条桌子，几把椅子。店主是个二十多岁的男孩，看上去极其干净，染着一头酒红色的头发，穿一条短裤，上身是一件薄薄的咖啡色风衣。他用过于干净的指甲指着一款咖啡向我推荐，我点了一杯，然后端着咖啡坐到门外的长椅上看着人来人往。这之前我已经决定要离开北京了。

对面矮矮的白墙内探出一截柿子树，我最喜欢看北京深秋挂在光树枝上的大红柿子，一种能把时间瞬间就点亮的喜气洋洋。还有那些巨大的黑色乌鸦，长着一双深不见底的眼睛，特别喜欢站在窗户对面的树上与我长时间对视。我在那条长椅上坐了整整一个下午，形形色色的人们从我面前经过。有坐轮椅的老人，有刚放学的小孩，有穿西装打领带的男人，有卖糖葫芦的女人，有扫地的老妇人，有扛着行李的农民工。

已经是黄昏了，这是一天当中我最喜欢的时刻，残阳西斜，暮云柔软，光线正向幽冥处滑翔，像是长着翅膀一般，轻盈安静，又带着一种黑夜即将登场的庄严。在半透明的暮色中，万物浮游于其中，不复有自身在白天的重量。然后在这种飘忽莫测中，万物又渐渐隐遁、蛰伏、休养，等待新的一天的开始。因为黄昏的缘故，我看到每一张脸上都涂抹着一层金色的蕴光，这层蕴光被渐渐落山的夕阳所折射，于是所有的面目开始变得模糊，变得弯曲，像要兀自燃烧起来了。这些蜉蝣般的人们散发出一种奇怪的力量，在我面前无声爆裂。

那时我有一个刚认识两个月的男朋友，坐在那条长椅上我给他发了条微信，以后我们就不要再联系了。他以最快的速度回过来三个字，为什么？我努力回忆了一下他的样子，竟然都想不起来他的脸长什么样，只记得他已经开始谢顶，肚子也起来了，终日加班，以能记住各种饭店的名字为自豪。还算个老实人，刚刚在六环买了套八十多平米的房子，认识一个月的时候就问过我什么时候打算结婚。平时不敢细想，仔细一想方才觉出其中的残忍。不见我回，他又投掷过来三个字，后面紧追着三个问号，为什么??? 我略一犹豫，还是果断把他删掉了。过了一分钟，他的电话打过来了，我因为已经删了他的微信，就像杀过人一样，竟变得异常冷静和熟练，咣当把电话挂掉，然后拉黑然后删除，一气呵成。想到与此人再不会见面，竟无端松了口气。

这时候看店的男孩忽然探出头来问，请问还需要点别的吗？我摇头。他把头缩回去，然后整个人都出来了，风衣、短裤，居然也不怕冷，手里抱着一只滑板。他把店锁上说有事得先走，我可以继续坐着，我点头。然后，他踩着滑板飞驰而去，风衣的下摆飘了起来，像大鸟的两只翅膀。直到他快在巷子前方消失了，我还能辨认出燃烧在晚风之上的是他那一头酒红色的头发。

于是，我学他的样子，也买了一顶酒红色的假发。我头顶少了一片头发，亮出了一块白花花的头皮，很难看。但奇怪的是，无论如何，我都想不起这片头发是怎么没有的。

刘太凡前脚刚走，龙龙后脚来了，他来接游承恩的班，游承恩好回家吃口午饭，而不至于耽误了买卖。我从窗户里看到游承恩佝偻着背，骑着一辆破自行车慢慢远去，满头飘雪，倒与我这一头红发相映成趣。龙龙提着一大袋包子晃着膀子来到了我们跟前，我感觉一堵厚厚的墙正朝我压过来，把落在我身上的那点阳光也遮住了。我立刻觉出了冷，打了个哆嗦。我又往窗户那边挪了挪，半个屁股挂在椅子上，龙龙就在我身边轰然坐了下来，我感觉屁股下的长椅暗暗往他那边一歪，差点成了跷跷板。

龙龙打开手里的塑料袋，抬头瞅了卞振国一眼，又瞅了我一眼，小眼睛镶嵌在一堆肉里，显然是在考虑要不要让让我们，思忖片刻之后他显然觉得没有这个客套的必要，便兀自抓起一个包子塞进了嘴里。他嘴里嚼得无声无息，好像正当着我们的面在偷吃，麻油和青菜的香味蛮横地晃荡在我们三个人中间，我和卞振国都扭过头去，避免看他的吃相。这时候已是正午时分，更多的阳光从那扇腐朽的雕花木窗里爬进来，还有一束阳光从窄窄的天窗里漏进来，落在刻着莲花的方砖上。我盯着那束光柱，忽然发现阳光真的是金色的，细小的灰尘像游鱼一样正游动在这光柱里，慢慢向上盘旋，向那天窗游去，似乎即将从那里汇入大海之中。

这次回到家乡之后，我发现自己的身上好像开了另一只眼睛，忽然看到了很多以前不曾见到的东西，尽管这些东西也不过就是司空见惯的，我却好像忽然看到了它们背部的那些纹理，那些幽暗、诡秘、美丽的纹路就在它们的背面或翼下。

这时忽听见卞振国问道，龙龙你这是吃过午饭没有？龙龙从包子里挣扎出来，含混地说，吃是吃了，这是零食。卞振国说，少吃点，你不是还想着娶媳妇吗？龙龙犹豫了一下，很快便又抓起一个包子塞进了嘴里。我觉出饿来，问了一句，卞叔你不去吃午饭吗？他放下杯子点了根烟，抽了一口才说，我从来不吃午饭，早饭吃得多，中午就不用吃了，古人就是一天吃两顿，脑袋反而清醒。然后指了指我，对龙龙说，这个姐姐认识吧，高才生，人家上的可是北京的重点大学。我羞得无地自容，不敢看他们。龙龙把脸从包子堆里拔出来，飞快地瞟了我一眼，冷静地问道，《三侠五义》看过吗？我说，没。他又问，《笑傲江湖》看过吗？我羞愧地说，没。龙龙鼻子里嗤地长笑了一声，又拎起一只包子细细端详，不屑于再搭理我。

卞振国换了一条二郎腿，一只手拄着保温杯，另一只戴戒指的手夹着一根烟，嘴里不时喷出几个青色的烟圈。我暗想，难道是他以前的老板就是这副样子，他才故意要学成这样？倒不是他学得不像，就是因为学得太逼真，反倒让人不忍直视。

这时候有人进来要买手套，手套这种寻常物什，自然三家的柜台里都有，龙龙听闻有人买手套，忙扔下包子要站起来，但卞振国已经抢先一步叼着烟站起来，走进幽深的柜台里翻找手套。那沉在暗处的柜台看起来辽阔遥远，他走进去竟至于要迷失于其中了。他要十块，来人砍价非要八块，我隐约听见他叹口气说，八块就八块吧，以后多来照顾生意，现在什么都不好干。

卖完手套他又坐回来，重新把那副二郎腿架起来，龙龙狠狠盯了他一眼，把包子重新叼在嘴上。他若无其事地点了根烟，用一只手往后拢了拢油光光的头发，自语道，我当年在山上开煤矿的时候可不是这样赚小钱的。看来他有时候会真把自己当成那个煤老板。我不敢看他的脸，只是透过玻璃装模作样地张望着外面。对面正好是郑黑小喜寿店，店门大开着，窗户却都用木板封死了，里面黑洞洞的，什么也看不到，有一种异域的神秘。我忽然想到，我活到如今，其实大半的生命已经泅渡到了对面，已经脱离了这个坐在椅子上的我。而剩下的这部分，秩序和重量都不似从前。我扭头对他笑了一下，说，可不是，做什么都不如开煤矿来钱快，每一铲子下去都是钱。

他默默抽了几口烟，好像在消化我刚才说的话，沉默片刻之后他忽然像想起了什么，哎，大学生，你这次回来要住几天？我看你一年到头在家里也住不了几天吧。我迟疑了一下，但还是说，这次回来可能就不走了。他大惊，上身忽地直了起来，看起来竟一下蹿高了好多。他看着我不相信地说，你不回北京了？为什么不回去了？你不回北京留在这小地方干什么？我想了想，说，其实在哪都一样。他似乎犹豫了一下，但还是问了一句，你结婚了吗？我老老实实地回答，没。他又是一惊，你怎么还不结婚？那么大个首都就连个男人也找不下？我使劲眨巴着眼睛说，现在好多女人都不结婚啊。他有些狐疑地看着我，半天没说话。

我想起在北京的一家公司里打工的时候，公司里新来了一个二十多岁的小伙子，不到三天就被人预订走了。午饭期间，坐在旁边的一个女同事悄悄问我，你说，现在城市里的单身女人为什么这么多，是不是西方的女权主义这回真的传到中国来了？我看着自己的盘子，疑惑地说，不大像吧。她想了想，说，确实不像，当年美国的女权主义运动因为时装界没有设计超短裙都要上街游行的，我们国家的女人怎么可能这样。我忽然想到，连这么无聊久远的细节我都能想起来，却怎么也想不起自己的头发为什么会少了一片。

龙龙忽然从包子堆里清醒过来，异常机敏地问我，北京的女的都没结婚？卞振国怂恿道，哎，龙龙，你不是担心自己娶不到老婆吗？快去北京找啊。龙龙忽然之间看起来又聪明又清醒，他抓起一个包子反问了卞振国一句，卞叔啊，你不是也还没老婆吗？要不你先去找一个回来。

卞振国眯起眼睛深吸了一口烟，然后像龙王一样从鼻子里喷出两道长长的青烟，这让他整个人看起来很有一种威严的气势。他冷笑一声道，你以为我连个老婆都娶不到？这县城里想和我好的女人多得得排队，我在街上往过走的时候女人们都要盯住我看半天。我刚到你们县的时候，一时半会儿找不到个事情做，就在一个饭店里做厨师，那段时间啊，每次只要我去上班，就能看到有两个女人正守在那饭店门口等我，她们也不吃饭，进去都不进去，就是为了等在那里看我一眼。还有个十九岁的在商城卖衣服的小姑娘，为了能看见我，天天中午去我在的那家饭店吃一碗面，有一次我把面给她端出来，你猜她对我说什么？人家这两天来那个了，不能吃辣椒，你还给人家放了这么多辣椒。一个姑娘家告诉我她来那个了，你说这不是故意挑逗是什么？我才不上当，假装听不懂。还有那些在街上跳舞扭秧歌的女人们，我早发现了，我要是不往过走，她们跳得也没那么带劲，只要我往边上一站，她们跳得那个带劲啊，腰都要扭折了，一个个还都描了眉毛抹了口红，脖子里围着花丝巾，手里抓着扇子，就想让你看见她。

我开始感到腹中饥饿，只是敷衍地笑笑，说，是吗？不料，卞振国忽然把烟头往鞋底上一抿，指着我正色问道，大学生，你这么多年就连个追求者都没有吗？我认真地说，小时候还是有过的吧。他有些怜悯还有些惊惧地看着我，说，大学生你今年到底多大了？我刚才在心里算了半天，就是不敢问你。我更加认真地说，四十了，怎么了？他忽然不说话了，整个人无声无息地沉没到什么地方去了，空气里略有些悲怆的味道。只听龙龙的喉咙里发出咕咚一声巨大的咽包子声，他嘴里含混不清地咕哝了一句，太老了，我今年虚岁才二十，我妈说最多找比我大五岁的。

3

刘太凡骑着自行车心急火燎地赶来了，脖子里的那块粉红色纱巾，老远就看到了。她以前文的眉毛慢慢褪成蓝色的了，远远地，人还没到，两条镰刀似的蓝眉毛就先到了。她让我快回家去吃饭，说饭都扣在锅里，凉了就热一下再吃。我恍惚又回到了上中学的时候，每天中午放学回到家，看到锅盖得严严实实的，揭开一看，里面却扣着满满一碗饭，像是这锅自己生出来的。刘太凡每天要在一点前去倒班，上班的路上，刘太凡最希望能碰到我同学的家长，这样就能停下自行车站在大街上谈论我的学习。人家急着要走了，她还是拖着不放，恳请人家再和她聊几句关于上次期末考试的事。她还有一大嗜好是开家长会。每次开家长会她都是第一个到教室，佘老太君一样端端正正地坐在中间的那把椅子上。然后微笑着等着家长们依次凑过去向她询问是怎么教育孩子的，成绩怎么这么好。她大腿一拍，皱着眉头表示不解，唉，我从来都不管人家，谁知道人家是怎么考的。

我从店里出来路过郑黑小喜寿店的时候，又在那黑洞洞的门口停留了一下。我从小最怕的就是喜寿店，晚上走路的时候，为了躲一个喜寿店情愿绕过半个县城。现在我仍然害怕，却觉得还有比害怕更深的东西吸引着我，我走进了喜寿店。眼睛适应了最初的昏暗之后还是被吓了一跳，里面的世界简直可以算得上是富丽堂皇，各种颜色的花圈挂满四壁，各种为死人准备的纸扎都栩栩如生，像工艺品一样，纸扎的院子里有亭台楼阁，有枣树有牡丹花有汽车，纸做的名牌包包猛一看，简直像真的一样。我目不暇接地参观了一圈，末了，目光忽然停留在摆在中间的一个庞然大物上。黑色的，漆得油光水滑，一头绘着血红的牡丹花图案。再定睛一看，是一具待售的棺材摆在那里。

这时，从后门里飘进一个人影，幽灵一般，背着光，看不见脸面，来人问了我一句，看棺材还是看花圈？原来是店里的老板。我忙说，随便看看，就是随便看看。我壮起胆子绕着那棺材看了半天，忍不住问了老板一句，你每天做这个不害怕吗？老板伸手拍了拍棺材盖，很得意地说，看看这木料，这做工，好东西吧？有什么害怕的？这和一件家具有什么区别嘛，有的老人准备棺材早了，十年八年都死不了，就在里面储存麦子啊豆子啊，当柜子用，哎，实用得很。

我忍不住也走到跟前用手拍了拍，果然，摸上去和一件家具是没什么区别。我说，嗯，好像是挺实用，卖得还挺贵吧？他点头，可不，最少两万。

晚上，吃过晚饭之后，我和刘太凡窝在客厅的沙发里一起看电视。房子三室一厅，我们俩一人一间，另一间空出来做客房。这套房子是我在几年前买的准备将来养老用的，县城里房价便宜。装修好之后就让她先搬进来了，以前我们家住的那片儿胡同在二十世纪八十年代曾经是县里最好的宿舍区之一，只有像百货公司、果品公司之类单位的职工们才能分到。现在已经被列入拆迁范围，人渐渐都搬空了。有一次我走进去一看，胡同里早已是荒草没人头，胡同深处住着两只流浪狗，还生了一窝小狗，个个皮包骨头，那小狗们奶声奶气地对我叫着讨要吃的。此后我隔几天就过去给它们送几根火腿肠，像去看亲戚一样。

我歪在沙发上看电视。我多少年不看电视，几乎忘了世上还有电视这种东西的存在。回家往电视机前一坐，居然还挺高兴，像是第一次见到了传说中的电视机。但是在那么一两个瞬间里，我心里还是难免诧异于自己这种过分的快乐。

以往我回家匆匆待几天，刘太凡都要追在我后面不停地问，你怎么还不结婚啊？是不是要等到七老八十了再结婚？这次回来她却一个字都没提，反而让我很是忐忑，觉得好像有什么圈套正等着我一样。刘太凡坐在我旁边，两只手搭在腹部的赘肉上。几年前她就开始拼命嫌弃自己发福的身材，电话里总问我怎么能减肥。我说你又不是大姑娘忙着找对象，胖就胖一点嘛。她说，人胖了穿什么衣服都不顺眼。我说，要那么顺眼干吗。她忽然在电话里说，我自己看着自己都不顺眼了，活着还有什么意思。

电视里正播一个什么现场调解的节目，

主持人对女儿说，那你愿意抱抱你妈妈吗？于是女儿和母亲痛哭流涕地抱在了一起。我把目光挪开，无聊地看着桌子上的那本台历。刘太凡开始小声跟着电视里的母女啜泣起来，后来声音越来越大，最后全身都浮在啜泣声里一耸一耸。我说，假的，别信，还有什么电视销售，千万别信，都是骗人的。她一边啜泣一边不满地说，什么都是假的，上了电视还能是假的。我只好转而哄她，真的，都是真的，你觉得是真的那就都是真的。

我进了自己房间关好门，小心翼翼地取下那顶酒红色的假发挂在了墙上。也不照镜子，关灯睡下，窗户里钻进来的晚风轻轻吹动着那顶假发，看起来好像墙上正挂着一颗女人的头颅。

第二天上午，我到了店铺里，刘太凡、卞振国还有游承恩正各自霸占在一条长椅上，或坐或卧地聊天。刘太凡有些不高兴地说，你怎么又来了。我没吭声，在她身边坐下。只听她接着说，要不我们也把柜台改了吧，改成超市的那种货架，现在这种老式的柜台已经都被淘汰了。卞振国不同意，他说，好像听人说这条街将来也要被拆的，老房子太多影响县城形象。游承恩大惊，历史文化街也能拆？就沙河街上那只石狮子，知道吗？唐朝的。

三个人中间是那把弥勒佛一样的大茶壶，笑眯眯地蹲着。

我让刘太凡先回去歇着去，吃过午饭后再来替我。刘太凡看着我的头发，忽然惊叫道，你的头发怎么一下就变成黑色了？我不动声色地说，刚才出去染成黑色了。

今天出门的时候我戴了那顶黑色的假发。那三个人都有些畏惧地盯着我的头发，我也有些心虚，尽量坐得离他们远一点，好像这样他们就无法看清楚我了。卞振国还是那个固定的姿势架着二郎腿，黑皮鞋，白袜子，看起来和昨天一模一样，好像整晚上他都以这个姿势坐在这里，根本没动过。他抽了口烟，忽然说道，大学生你的头发真是好，黑得都发亮，看起来就像假的一样。我说，刚染成黑色，不黑才怪。他又眯起眼睛说，大学生，我觉得你还是留昨天那个红色头发好看，洋气，这黑头发让人变老气了。我微微一笑，说，哪天一生气再把它染成红的。卞振国干巴巴地笑了一声，似乎也有些害怕，只是抽烟，不再说话。刘太凡也不说话，一直瞪着我看，我心里发毛，催促她道，你快回去吧。她像刚刚反应过来一样冲我喊道，谁让你又来了，早说不让你来不让你来。

刘太凡骑着自行车渐渐远去，游承恩缩回自己的柜台后面研究百家姓去了，他昨天刚刚又考古出了一个从没有见过的姓“鹗”，他认为这些从没有见过的姓氏就像文物一样宝贵，应该申报给国家有关部门。我和卞振国一人抱着一大杯水，门神一般相对而坐。深秋的阳光迟钝悠长，一寸一寸慢慢从我身上爬过去。

再睁开眼睛，卞振国正坐在对面意味深长地看着我。我说，你还在研究我的头发吗？他眼睛很明亮，显得有些过于聪明，他稳稳跷着那副二郎腿说，大学生，说说你到底为什么不想在北京待了？

我咧嘴一笑，说，你猜是为什么呢。

我忽然想起遥远的十几年前，还在读本科的时候，我和一个叫闫静的女生终日形影不离，有时候连睡觉都挤在一张上铺的单人床上。有一次她的日记本摊开在桌子上，我不小心看到上面一句话："她的家庭出身和我相似，也像我一样，长得不算漂亮，我们两个都热爱读书，读书弥补了我们所有的尊严。我们分开的时候都很弱小，但我们只要在一起就会变得强大而骄傲。"有一度我们都沉迷于陀思妥耶夫斯基，看遍了他所有的书，做了厚厚的摘抄笔记。有阵子连说话都是陀思妥耶夫斯基腔，张口就是"如果没有上帝，人就什么都可以做”。以至于在一次大学的新年聚会上我一个师兄悄悄对我说，以后快不要这样说话了，你这样会把人都吓跑的。本科毕业后闫静去了上海，后来又去了深圳。毕业后她一直给我写信，那时候人们都已经开始用电子邮箱了，她却从不给我发电子邮件，只寄手写的信。我把她的每封信都工工整整地抄在一个本子上，后来居然抄了厚厚一大本。十几年过去了，回家前夕，收拾东西，在箱底找出了那个厚厚的本子。她写给我的信，我大部分都能背得下来，却还是随手翻开本子，满纸蓝黑色的钢笔字，“……如果我们拒绝在这个世界上沉沦下去，就必须得摸索出自己的信念，这种信念应该是与那些传统信念不同的新信念，这个信念不再是家国，不再是理想，也不是生存。就像基尔克果说的那样，如果一个人从不曾仰望过什么，只是把自己交给浮云，急匆匆地让自己成为过眼烟云，那就和动物无异。还是得有一种更高的东西，通过它，人们可以走向高处……”

卞振国不紧不慢地又掏出一根烟点上，点烟的姿势很是漂亮，大大抽了两口，又朝游承恩坐的方向瞅了一眼，这才躲在烟雾后面，目光炯炯地看着我说，我估计有几种可能，一种可能是你处对象出了什么问题，感情受伤暂时回来缓一缓。另一种可能是你借钱做什么生意赔了，欠了债还不起躲回来了。还有一种可能是你手里犯了什么事了，不敢再去北京了。

我一听，顿时感到一阵快乐，我忍住笑，压低声音对他说，卞叔你好眼力啊，实话告诉你吧，我是因为不小心杀了个人，手上有条人命才躲回老家来了，你可千万别和别人说。

他一怔，手里的烟跟着抖了一下，掉下齐齐一截烟灰。然后他警惕地看了看游承恩的柜台，又环顾了一圈四周，看他的样子，若是这店里有窗帘，他一定会立刻起身把所有的窗帘都拉得严严实实。他把整张脸向我压过来，一嘴烟味还有酒气喷在我脸上，他低声说了一句，我不会和别人说的，和我说了之后你也不要再和别人说了。

我见他还真信了，忍不住一愣，觉得好玩，又一阵心酸。我往后躲了一下他脸上的烟气和酒气。他也缩回去狠狠抽了两口烟，两颊都凹进去了，把烟徐徐吐完之后，他微微有些得意地说，我就说嘛，你不会平白无故就跑回老家来的，回老家来肯定是有原因的。

忽见他又把脸凑过来，声音竟有些激动，他悄悄说，和我说说，你为什么要杀人？他的眼睛直直盯在我身上，香烟叼在嘴角一明一灭，见他这么认真，我反倒不好意思起来，我说，卞叔，逗你的，你还真信啊？他看上去有些失望，叼着烟独自愣怔了半天，忽然又凑过脑袋悄悄问了我一句，咱都没杀过人，不过你说，杀人到底是个什么感觉？我想了想，说，主要是没杀过人也不好想象，杀人的时候，脑子里应该是空的，不然肯定会害怕嘛，一刀下去，应该是砍到南瓜或西瓜上的感觉。他又盯着我说，那你说，被砍的人会是什么感觉。我说，脖子上要是忽然被砍了一刀，第一反应肯定不是疼，是觉得那里凉飕飕的，怎么脖子上忽然开了个口子，凉风直往里灌。

他又呆呆抽下去半支烟才问我，你觉得杀人这件事，到底有多可怕？我说，杀只小动物都难过好几天，何况是人呢。我倒是在梦里杀过一次人，不过在梦里就后悔得死去活来，我在梦里还一直后悔，为什么要杀人，为什么为什么。醒来后发现是场梦，心里特高兴。还上网查了查，梦见杀人一般是因为生活压力大，精神太紧张。

我研究生毕业之后的第一份工作是在北京的一所大学里做行政工作，因为没能当老师，我逢人就解释，留在大学里好啊，能安静看书，还能做点学术方面的研究。每天上班下班过天桥等公交的时候，我手里都拿着本书。晚上下班后同事们都走了，我还一个人在办公室里亮着灯。有时候觉得困了便把三把椅子拼起来眯一会，醒来继续看书。一年下来工资的大半都交了房租，我开始动摇，想换份工作。我不记得当时我给闫静的信中写了什么，只记得她在二零零五年给我的信中写道，“……我们以为我们无须乞求神灵，我们依靠自己知识的力量或是依靠自己的理性，便可以维护自己的尊严，我们通过精神秩序使自己平静，不需要救赎，勉强得到一种知足感。但我发现尽管我们在本质上仍然是最传统的儒家信念的追随者，我们却不曾有过一种真正的平和有序，我们也无法把个人的情感和悲伤转化成深邃神圣的慈悲，像上帝一样……”

虽然只在那所大学做了一年行政工作，

但刘太凡在老家对我的宣传语已经是，在大学里当老师。后来我出国学习了一段时间，刘太凡就对别人说我出国去留学了，这自然也是全县尽人皆知的事。这么多年过去了，我疑心我在老家的形象可能已经变成教授了，回来一看，果不其然，真成教授了。我曾愤怒地阻止过她，她口头答应一下，一转身我还是那个传说中的大学老师。

回国之后，我在北京一家小公司找了份工作，后来又不断跳槽。后来的十几年里，很多事情我都忘记了，却牢牢记住了十几年里那些最微小的乐趣，比如我喜欢坐在阳台上看暮云。那些血红色的暮云铺满整个西边的天空，形状诡谲奇幻，如马群奔腾而过，如繁花盛开，辽阔、壮美，会有一两架飞机像小鸟一样极高极轻盈地穿过巨大的云堡，渐渐消失在天尽头。当金色的霞光从那些洞开的巨型云堡中射出来的一瞬间，我怀疑那云堡的后面是不是真的藏着一种超自然的，至高无上的力量，类似于一个上帝正住在那里。我曾目送着那些金红色的霞光一点点褪色，直到最后完全沉没于黑暗之海。而与此同时，已经有北斗神秘地高悬于人世之上。

4

我透过玻璃看到刘太凡已经急急忙忙赶过来换我的班了，她一条腿伸得直直的从自行车上飞下来，因为她当年学自行车的时候就是这样学的，所以后来只会这样骗起一条腿来上下车，就是前面突然遇到车祸，她也必须得用这种最正规的姿势从自行车上下来，以至于看起来整个人都临危不惧。

她人还没走进来，声音已经先到了，哎呀，今天一出门就碰到了我那姑姑，老太太今年八十三了，戴着太阳镜，斜背着小洋包，一定要拖住我和我说话，我能不听人说完？她先是骂了一通她老头子，说每天中午都要脱得光光的，戴上睡帽，盖上被子睡午觉，谁叫也叫不起来，估计活一百岁不成问题。又说她最近买冰箱花了一千，死了个亲戚花了两千，她还得买楼房，为了买房她都八十多岁了还背了一屁股债。一个孙子考上大学了要给五千，一个女婿死了爹要上两千的礼，她说她四个女儿哪，四个女儿就是八个老人，八个老人都得死吧，那就是一万六，哪个不给都不行啊，背地里都要被人骂的。

刘太凡学老太太，戴上我的眼镜，扶着我的肩膀，拍着大腿诉苦。刘太凡有超强的模仿能力，各种奇奇怪怪的方言，她只要听一遍就学得惟妙惟肖，几可乱真。因为有这个特长，不用也是个浪费，她就特别喜欢模仿别人说话，像只大鹦鹉似的，一会儿学卖菜的，一会儿学老太太，一会儿又学她以前同事的儿子，她学那十八岁的儿子站到椅子上，跳着脚骂道，孙口心，你不是人，不给老子钱，你不是个人。

以至于卞振国几次和我感叹，你妈没去当相声演员真是屈才了。

我从店里走出来，披挂着一身暖烘烘的秋阳，沿着沙河街慢慢溜达着往家里走。几个男人女人刚刚从那画十字架的院子里出来，我驻足看着他们，直到他们走远。路过那只石狮子的时候，我看到有三个做小买卖的老头正聚在石狮子脚下有一句没一句地聊天。一个老头卖冬瓜，一个冬瓜有半个人那么高，又白又胖，挂着一层银霜，在上面凿个门都可以当房子住。另一个卖红得极好看的柿子，像珠宝摊一般。还有一个卖胡萝卜和白萝卜。我凑过去买柿子，只听其中一个老头说，人家闹得好，现在在太原是科长了，他以前就是个裁缝。另一个说，皮肤科的科长？那医院就没有皮肤科。另一个忽然插了一句，多少年才出了一个毛主席啊，那人真厉害，把外国给打的。那一个又说，你说现在这社会，把厕所又改成卫生间，一个字，就知道改，也不知道到底要改成个什么样。另一个反驳说，早以前你家老人也是叫厕所的，只是你还没生下来。那个抚摸着自己的大冬瓜说，我家老人在大队当头儿时，还去过一回北京，看了天安门。另一个立刻说，那时候去北京的火车票九块钱，去上海二十四块钱，我去北京坐的是十块零五毛的，比九块的又贵点。

天黑透了刘太凡才回来。轮到她关店门的时候，她总是要把关店时间拖延到八点，生怕还有人晚上要出来买东西。她手里满满当当，拎着一斤猪肉二斤月饼还有一块冬瓜，她说，明天八月十五，包冬瓜饺子吃。月饼买了一斤红糖玫瑰的一斤小茴香的，猪肉差点就割不到了，那卖肉的说就他家的猪肉最香，卖得最快，就剩下两块肥肉了，我说可不是，你家的猪都是长着双眼皮的，比别家的猪都好看。

喝过小米粥，我们两人歪在沙发上看电视。我坐在那里盯着电视，盯了半天还是不知道花花绿绿的屏幕上到底在演什么。我忽然发现我还是有些惭愧，惭愧自己能心安理得地接受眼前的生活。刘太凡的脸忽然凑过来，不好意思地问我，晶晶，那个微信怎么才能有啊，现在好多人来买东西都不喜欢装现钱了，这是什么毛病，连钱也不装了，身上装几块钱会压死人吗？说是要用微信付，我又没有这个微信，都没办法收钱，就卞振国有微信，人家就都到他那里买东西去了，生意都被他抢了。这三家一起承包一个门市就是不行，卖的东西还一样，到底该买谁家的，你看吧，游承恩迟早是要被挤走的，可是这个卞振国厉害，管理过一个煤矿的，可不好挤啊。

她说着，把她那个古老的诺基亚手机递

过来让我看。我说这个简单，换个智能手机就有了，我从网上给你买个智能手机就行。她又小心翼翼地问了一句，贵吗？过了一会儿又小心翼翼地说，那我把钱给你吧。被我训斥几句之后便放心地摊在沙发上看电视，不一会儿竟响起了鼾声。记得她年轻的时候睡觉很文静，像只猫一样无声地缩成一团，年龄大了之后不仅四仰八叉地睡觉，还开始像个男人一样打鼾了，好像性别渐渐被年龄吞噬掉了，慢慢地，身上只剩下了大把的年龄，像白骨一样森森林立。

第二天是中秋节，刘太凡一大早在阳台上点起了圆儿香，香味把几个房间都笼罩得像寺庙一样。她准备剁肉馅包饺子，又说今天门市部照常营业。我便自告奋勇先到店里替她守一会儿。她有些忧虑地看着我说，晶晶，你不想去就别去了，要不你还是别去了吧。

我到了店里一看，卞振国和游承恩已经

早早到了，大茶壶也咕咚咕咚烧开了，两个人各自泡了满满一大杯浓茶，茶叶沉浮于其中，捧在手里像只绿色的灯笼。我说，八月十五还到这么早，你们俩真是风雨无阻啊。卞振国稳稳地架起他那副二郎腿，不知是不是为了过节的缘故，穿了一件白色的衬衣，白衬衣太明亮，扎在黑裤子里，像一个领导坐在这里正准备开会，看着有点吓人。他说，只有公家人才有节假日，哪有做小买卖的自己给自己放假的。游承恩只是托着腮不说话，像在思考什么大问题。猛一松手，忽见他右腮帮子鼓出来一大块，像在嘴里含了一只杏子。

我问，游叔你的脸怎么了？游承恩歪着脸直抽凉气，牙疼得我一宿没睡，半夜把什么偏方用上都不管用，直想上吊。我说，我过来时见三毛镶牙部也开着呢，赶紧去看看，看牙花不了几个钱的。他托着腮帮子想了想，还是起身看牙去了。剩下我和卞振国相对而坐，天气真是凉了，我也学他泡了一杯茶捧在手里取暖。从窗里望出去，只见沙河街上行人稀少，看来都窝在家里过节呢，这古老的店铺便更显得幽暗空旷。我总怀疑在那些终年不见阳光的木头椽子缝里，除了那窝麻雀还住着什么别的动物，晚上等我们回家了它们便出来闲逛、聚会。

卞振国大声啜了几口茶，又慢慢拧上了杯盖，因为时间的缓慢和丰盛，这里所发生的每一个动作都会产生一种陷入泥淖中的效果，慢慢地沉没，慢慢地觉察，慢慢地自救。他拧紧杯盖之后，忽然笑着对我说，大学生，我还以为你今天的头发会变成绿色的呢，每天像变魔术一样。我用手指梳理着那头与自己无关的黑色长发，没吭声。沉寂了片刻，他又慢慢拧开杯盖，咕咚喝了一口茶，声音都大得吓人，像从喇叭里放出来的。又沉寂了片刻，他点了一根烟抽上了。烟雾让他整个人看起来没那么生硬了，我找话说，卞叔啊，你要是一天不抽烟会怎么样，能活不？

他认真摇头，那可不行，没法活的。我说，抽烟到底有什么乐趣，把肺熏得黑乎乎的，还挺费钱。他又很享受地抽下去一口，真的像是在享受什么美食，指头上的大金戒指一闪，徐徐喷出一口青烟。他眼睛茫然看着窗外来往的人群，自语道，也就这点乐趣了，我们那代人不能和你们这代人比，不像你们又是上大学又是上研究生，我们早早就进工厂当工人了，急着要挣钱养家嘛。

我往杯子里续了点热水，两手捂着杯身取暖，我说，卞叔啊，你真不用抱怨没赶上好时候，你看像我妈那代人年轻的时候都忙着搞大串联去了，你们这代人年轻的时候都忙着进工厂当家做主人去了，我们这代人大学毕业的时候大学已经什么都不是了，再过几代人，回头一看，觉得我们全都一个样。

我想起闫静给我的一封信里曾经写道，

“……我有时候会想，天地和历史是两条大河，从不曾停息，也绝不以人类的意志为转移。天地间有四季更替，月盈月缺，日日夜夜，历史里有时代更迭，生老病死。即使万物刍狗，天地间也终究生生不息。我们来过和没来过这天地间也许并没有多少差别……”

他默默抽了好几口烟方才开口，其实我刚参加工作的那阵子也喜欢看看小说，厂里图书馆里的那些小说，什么《安娜·卡列尼娜》《三个火枪手》《巴黎圣母院》我都看过的。不知道你们大学老师看的都是些什么书。

他说着，扭过脸来羞怯地看了我一眼，我挺高兴地说，哦，还看过《安娜·卡列尼娜》。他有些得意，却又更加小心翼翼地看着我说，什么《林海雪原》《平凡的世界》我都看过的，当年在工厂当工人的时候，我还想过要能当个作家就好了。

阳光从雕花木窗里进来，悄无声息地往

前爬行，爬到长椅上，地上便长出了栅栏一般的黑白光阴，一道黑一道白一道黑一道白。阳光又爬到了我手上，我想起有段时间不想找任何工作，便尝试着写过几个小说，但都是开了个头就再写不下去了，几个头就那么长期悬置在桌子上，最后不了了之。

他已经把手里的烟头慢慢搓成了丝，烟丝飘落到脚下，他又跺了跺脚，整理了一下裤脚，说，大学生，你知道我为什么老想和你说话，我就是想受受你们这种文化人的影响，我看我能不能也写出点东西来，起码把我这辈子的经历写成小说。

我结巴起来，你，你还真要写小说？不好写吧。又听见他说，和你说实话，我已经好多年没看过书了，看书那是年轻时候的事了。可是最近半夜我老睡不着，我就一个人出去走动，街上静悄悄的，没有一个人影，也没有灯光。我发现月光竟然那么亮，把我的影子扣在地上陪着我，我走在月光里能把什么都看得清清楚楚。我一个人走上半夜，生怕天要亮了，天亮了，一天就又要开始了，每天都是一模一样，我闭着眼睛都能把这一天过完，有时候真是觉得不愿再过下一天了。我在那月亮底下游荡的时候就想，要能把自己这一辈子写成一本书该多好啊。

我使劲搓了搓手，扭头看着窗外。这时候卞振国又对我说，大学生，你教教我写文章吧。沉默了片刻我说，卞叔，我们都不过是些普通人，又没有什么惊天动地的事情，你怎么就那么想给自己写本书呢？

这时候游承恩回来了，我忙问，游叔，牙看得怎么样了？他坐下来口齿不清地说，拔了，三毛让我把牙拔了，麻药还没过去，嘴里都是硬的，一舔觉得满嘴都是石头。我说，拔了也好，省得镶牙。坐了一会儿，麻药劲儿过去了，嘴也活过来了，游承恩忽然又捂住了腮帮子，说，刚刚拔了牙怎么还是疼。我说，把一颗牙从肉里拔出来，肯定得疼两天。他捂着脸说，不对，不对。店里的柱子上挂着半面破镜子，镜子旁边还用绳子拴着一把塑料梳子，以供店里的三个人轮流从镜子里审视一下自己的仪表。他跑过去张大嘴巴使劲照着镜子检查了半天，照了半天忽然跳着脚大叫一声，×你妈个三毛，给我拔错了，把一颗好好的牙给我拔掉了。

5

晚上，我和刘太凡围着桌子分着吃了一个团圆月饼。月饼巨大，状如一面小锅盖，上面印着广寒宫殿，宫殿里有嫦娥有玉兔还有一棵桂花树。在我小的时候团圆月饼就长这个样子，就这么巨大，我两只手都搬不动，那时候在我眼里，团圆月饼简直是世界上最庞大最难吃的东西。啃了皮之后，掺着红绿丝的月饼馅儿常被我偷偷抠下来，揉成小泥球玩。现在，我都快变成一个老女人了，它还是那副样子，连上面的花纹都没有变过丝毫。对于一个慢慢变老的人来说，月饼简直是庞然大物。

月饼分成三块，我们两人一人一块，另外一块剩在桌子上，是留给我父亲的。我父亲在一九九九年忽然失踪了，那时正逢下岗潮前夕，一个晚上，他出去找人喝酒，从此以后再无任何音讯，报了案也没找到。有人说我父亲可能是因为知道了厂里的什么秘密被人悄悄处理掉了。还有人说他可能出家到寺庙里去了。多年之后，我觉得这两种猜测可能都是错的。

这块月饼我吃得很庄严，一口没剩，像在进行某种祭祀。吃完月饼，我提议道，我们出去赏月吧。刘太凡不想出去，不就是个月亮，又不是没见过，有什么好看的。我硬是拖着她下了楼。

我买的这个小区位于县城最南面，附近还没有来得及开发，一片荒凉。出了小区再往西走几步就是大片的田野，田野上长满没人要的芦苇，田野尽头是绵延的群山。每天黄昏时分，夕阳坠山的时候，晚霞猎猎燃烧，半个天空都是血红色的，似乎要把整个小城都焚烧殆尽。芦苇荡中间有一条小路通往山脚下的一家水泥厂，走在这条小路上的时候，觉得只要一直走下去，就能走进那些绵延的大山里。我和刘太凡并肩走在芦苇荡中的小路上。

秋风萧瑟，芦苇凄凄，我们在田野里慢慢走了一段路，在这荒野之中，似乎只有我们两人，我们走在其中发现自己小得可怜，好像两粒种子一样随时会被埋入这荒野里。一回头，忽然看到碧空中已经升起了一轮金色的圆月，极大，极静，安详肃穆。我们两个在瞬间都有些被这大月亮镇住了，呆呆站在那里半天说不出话来。我们住的那栋高楼在月光下只剩一道孤瘦的黑影，看上去极不真实，并不像人住的地方。再往北去，灯光才渐渐稠密起来，有了人声、市声，小城才从黑暗中渐渐显形。

刘太凡站在月光里忽然说，过完节你是不是就该回北京了。我在月下沉吟良久才说，我不回去了。她的声音有些遥远，你留下来做什么？我说，陪你一起看店。她忽然高声打断我的话，我的店不需要你来看。

我没接话，只是抬头看月亮。她也跟着抬起头看月亮。月光亮得吓人，轰隆隆地几欲把我们淹没。她又说，我要是死了把我埋在这里也行，不回老家也行，埋在这里还离你近点，就是托个梦也方便点。我指了指不远处立着的一块二建的牌子，说，你想得美，这里过不多久就要盖楼房了，还能让你埋进来。要是我先死了呢，你就把我火化了，环保，不占人家的地方。她立刻说，谁同意你死到我前面了？我才不火化，火化太疼了。顿了顿又说，不过人死了就是再疼也说不出来了。你说你爸要是真死了，死前就连句话都没有？

回到自己屋里，我没有开灯，摘了假发挂在墙上，然后立在窗前看着外面的月亮。窗外一片素银，立在窗前像站在海边，似乎可以随时纵身一跃，便可消失在大海中。忽然，吱嘎一声，门被人推开了。我猝不及防，猛一回头，就着月光看到，是刘太凡正站在门口。我连忙扯下挂在墙上的那顶假发，但我心里知道已经晚了，我知道她已经看见我了。我把假发抓在手里，就像揪着另一个人的头颅，怕她离开我，怕她抛下我。我后退了几步，屋里只有我们两个人，我像一个在夜半时分现出了原形的鬼魅，无处可逃。刘太凡盯着我和我手里的假发，像是被吓住了，一动不动，嘴半张着，我在月光下看到她的嘴里黑洞洞的。像是她的牙齿齐齐都消失了。我叫了一声，妈。她不说话。我又叫了一声，妈。她还是不说话。就那么一动不动地站着。我说，我脑门上掉了片头发，很丑，只能戴假发。

一觉醒来时，天刚蒙蒙亮了一点，从窗口望出去，田野上罩着一层青色的晨雾，远处立着一棵孤零零的树，再远处是纤细得像多足虫一样的绿色火车正在无人的荒野上慢慢爬过。那是一条去往宁夏的铁路。我起身出了自己房间，刘太凡的房间都还关着门，她大概还在睡觉。我悄悄出了门，街上还没有什么行人，圆儿香的香味沉沉滞留在空气里，让人感觉中秋节还躲在某个角落里，久久不忍离去。一辆孤独的洒水车一路唱着快乐的儿歌，慢慢溜达着过去了。湿答答的马路温顺明亮，我走在其中如走在一条河流里，走着走着天渐渐亮了，晨雾褪去，马路上忽然浮出了很多行人，好像他们本来就住在这条路上一样，只是夜间被雾遮住了。很多电动车无声无息地从我身边窜了过去，像群溯游的大鱼。一辆空荡荡的公交车踱过去了，县城是从今年才开始有的公交车，属于舶来品，坐的人很少。我坐过一次，一上车就被司机抓住拼命和我说话。一看就是憋坏了。

走进沙河街，我一眼就看到龙龙正骑在那石狮子身上，手里最少拿着十根油条，看起来像抱了一捆柴一样，嘴里正快速吃着一根。我想起刘太凡形容龙龙的一句话，吃起东西来像一架推土机似的吓人。走过他身边的时候，我学那老人的口气说，石狮子你也敢骑？他看了我一眼，又看看周围，忽然很神秘地低声对我说，我要去坐火车了，真火车，你坐过没？

进了店里一看，卞振国和游承恩已经早早到了，游承恩正戴着套袖，趴在柜台上打算盘。他有一架乌黑的算盘，看起来也老得快成精了。他坚决不用计算器，说计算器无声无息，用着没有手感，哪有算盘的脆亮和爽快，一听算盘珠子响，就知道有进项了，心里可以踏实一会儿。卞振国刚刚泡好茶，已经坐在长椅上把二郎腿搭了起来。已经深秋了，他还是只穿着一件衬衣，打着领带。

我往他对面的椅子上一坐，他看了我一眼忽然说，大学生，你的头发。我心想他是不是打算说，以为我今天的头发会变成蓝色。我说我又不是变魔术的。他迟疑地说，你是不是没梳好头发。我站起来一照那半截镜子，估计是今天早晨出门太早，没看清楚，假发戴得有点歪，好像头发胡乱长了一脑袋。我偷偷正了正假发，回到椅子上说，我有事情要和你们商量，我们毕竟是三家合开的店，以后有顾客来买东西，走到谁的柜台算谁的，谁也不能抢谁的生意。另外，我建议我们三家一起出钱把柜台换成货架，现在哪里还有这么古老的柜台，都改成超市了。

卞振国夹着一根烟，深深往肺里吸了两口，才眯着眼睛看着我说，这可不像你这种文化人说的话啊。大学生，看你这样子是真不打算去北京了，我就想不明白，好好的北京不去，你为什么一定要回来看门市部呢。这时候，游承恩走过来了，满头白发，大大的塑料框眼镜压在鼻子上，把鼻头压成了很小的一点，两只胳膊上戴着两只蓝色的套袖。他递过来几张纸，上面写得密密麻麻，他说，我不打算干了，把我的柜台盘给你们吧，这是我算好的库存，就这么多存货了，这样一来，你们也少一个竞争的。

我和卞振国都大吃一惊，一齐扭头看着他。卞振国说，你是不是在外面又赁到新地方了？找好地段的话，房租低不了吧，你不怕白干一年连房租都回不来？游承恩摘下套袖拍打着身上的尘土，一束阳光正打在他身上，我看到在那束阳光里安静地飞起了很多灰尘，像是寄宿在他身上的一群小鸟，正要随着季节迁徙而去。他放下套袖，问卞振国要了根烟抽，我从没有见他抽过烟，不知道他原来也是会抽烟的。卞振国犹豫了一下，似乎有点舍不得，但还是抽出一根递给了他。他一屁股坐在椅子上，点上，大大抽了一口，动作不熟练，又仰头朝上喷着烟圈，像只笨拙的大象一般。我莫名地有点紧张。卞振国也不说话。一根烟他几口就抽完了，简直是吞下去的。灭掉烟头他才面无表情地说了一句，不了，我把房子都卖了，我要带着龙龙去云游四方。

卞振国惊得二郎腿都掉了下来，忙说，你把房子都卖了你们以后住哪？住人家房檐下？游承恩站起来，仰天大笑了两声，我和龙龙都商量好了，以后我们父子俩就四海为家了，还要什么房子。我们要去峨眉山、武当山、普陀山，我们要把那些名山大川都游一遍，我看能不能把龙龙留在武当山上学武术，在山上住一辈子不下来也好，空气好，人简单，说不定还能长命百岁。我说，把他留在山上，那你呢。他又大笑了两声，身上有一种罕见的狷狂，却不再多言语。

结清库存，他开始整理东西，要带走的

东西并不多，看来是早有准备，已经分批搬走了，只是我们没有觉察罢了。他把要带走的东西装进一只款式陈旧却还崭新的手提箱里，箱子看上去质量很好，羞涩而木讷地立在脚边，他说，当年出差时候买的这箱子，当年最流行的样式，花了两百多块钱哪，带密码锁的，买了一直舍不得用，就锁在柜子里。这不，锁了三十年终于派上用场了，人这辈子哪有迟到不迟到的。卞振国起身拍拍箱子说，你这箱子现在都能直接进古董店了。

这时龙龙呼啦一声冲了进来，站在他父亲身边整装待发。他已经比他父亲高出一头，又比他父亲胖出好多，简直能把他父亲装进去，此时却偎依在父亲脚下，看起来像只温顺而毛茸茸的坐骑，随时会把游承恩驮走。游承恩拎起箱子对我们大大一笑，看起来，他们父子俩都崭新得要命，好像搭乘着一艘宇宙飞船，马上就要离开这个星球了。

父子二人的背影如气球般渐渐飘远了，先是游承恩的背影，接着，连龙龙的庞大背影也消失了。我和卞振国久久站在门口目送着他们。眼睛酸涩，像被大风迷了一样，直到喜寿店的老板冷不丁从黑黢黢的店里冒了出来，那扇门里每次出来个活人都会把我吓一跳。看我俩愣愣地戳在那里，他便袖着手笑道，呦，别说，你俩往那里一站，看着倒是挺般配。我瞪他一眼，这可是我叔。说完扭头先进去了。

我隔着窗户看到卞振国还站在门口，打了个标准的丁字步，正了正领带，又笑眯眯地点了一根烟抽上了。喜寿店的老板又进去了，他还独自站在那里。有两个中年女人刚好走过去，果然，两个女人都回头看了他一眼。他假装没看见，继续抽烟，不时用戴着金戒指的那只手往后拢一把头发。阳光照射下，他拖着一条长长的巨大影子，像和另外一个看不见的人生长在一起。

6

快递把新手机送来了。刘太凡拿着新手机爱不释手，左摸右摸，说她赶紧给手机缝个套子吧，别把壳磨花了。我用一晚上时间教会了刘太凡怎么用微信二维码收钱，她兴奋不已，跃跃欲试，感叹道，这社会变的，哎，怎么就变得连钱也不用了呢。以后就不怕被卞振国那货老抢生意了。然后她又不好意思地说，其实我早就想问问你怎么用微信了，怕你瞧不起我，不敢问。我假装没听见，又教她怎么发微信。她支棱着耳朵，眼睛死死盯着手机屏幕，但当我才刚刚说完的时候，她就说，你说什么？你再说一次。

好容易教会她了，我说你多练习练习就会了。然后我歪在沙发上看着电视里的两个人的嘴一张一合。正看得差点睡着，手机忽然响了一声，我拿起来一看，是刘太凡刚给我发的一条微信，是她的第一条微信，所以看起来崭新异常。女儿，你还好吗？她本人缩在沙发的一角大气也不肯出，像是这样她就可以隐形了，我就看不到她了。她从未叫过我女儿，我不大敢相信这是叫我的，看着眼生，还有些心虚。我也不敢看她，只悄悄回了一条，挺好的，放心。她的手机立刻当地响了一下，吓我一跳，没想到这手机声音还挺大，我把电视的声音又调大了一点，假装专心致志看电视。过了一会儿手机又响了一声，我故意磨蹭了一会儿才拿起手机，一看，果然又是她发来的微信，身体是革命的本钱。我回了两个字，知道。我们两人分坐在沙发的两头，中间塞着一大片空白，我们都默无声息地看着各自的手机。在我们的背后是一幅富丽堂皇的牡丹图，是她在省城公园门口从一个自称是著名画家的人手里买来的。画中的十几枝牡丹热情奔放，廉价的喜气洋洋，就像我们两人正在这沙发上偷偷过节一样。

进了自己房间刚要躺下的时候，手机又怯怯地叫了一声。我一看，又是刘太凡发过来的，女儿，你真的不回北京了吗？我故意磨蹭了几分钟才回道，不了。静默了片刻，她又发过来一条，到底为什么？在县城里待着你还能有什么出息，我可以一个人过，也不需要你守着我。我回道，其实在哪过都一样。我关了灯躺在床上等着手机响起，果然，过了好半天，她又发过来一条，那就随你吧。我回了一句，谢谢妈妈。回完又羞得连手机都不敢再看，我从来没有叫过她妈妈，也从来没有对她说过谢谢。

第二天，刘太凡执意让我在家休息，她去店里看着，我说一个人在家里待着也闷，不如坐在店里还有人说话。她迟疑了片刻才说，你是大学老师，去门市部总是不太光彩，被人看见了也不好。

午后，深秋的阳光金黄剔透，像一大块琥珀，万物沉于其中，有一种深不见底的静谧。我走在沙河街，忽然听到路边的一个院子里传出嘹亮的男女合唱，我怀疑这院子里是不是开了一家 KTV，便探头探脑地进去，院子很小，但整洁异常，铺着红色花砖，摆着几盆珊瑚樱和百日菊，墙角蹲着一只大冬瓜，窗台上晒着几只大大小小的葫芦。我趴在玻璃上往里一看，是一对老年夫妻像福娃一样正并排坐在床上，拿着麦克风正看着电视一起唱歌。老女人看到我趴在玻璃上，便出来问干什么，我只好说，在街上听见这里有歌声，以为新开了一家 KTV，想过来唱歌。老女人狐疑地看着我，说，我们两口子喜欢在家里唱歌。我赶紧落荒而逃.

又路过一家院门的时候，我看到男主人正在院子忙着准备晚上的烧烤摊，女主人则戴着围裙，正坐在板凳上，捧着一面小镜子细细画眉。

有时候我怀疑我在这些僻静破败的巷子里闲逛的时候，会忽然迎面遇到我的父亲，我更愿意相信，他是通过某种方式把自己藏匿起来了。但一直没有，我再没有遇到过他。

闫静曾在给我的一封信中写道："……人从生活中隐遁的方式有很多种，其中一种便是只存活在天地时间里，而从历史时间里消失。活在天地间便是静守着时间的流逝，天地泽及万世而不为仁，从而失去了历史性中的羞耻与荣辱。你说这种失去是不是真的能让人内心平静，这种平静又到底有多少意义。我时常想让自己从人世间消失或隐匿，却又不能……"

走进空荡荡的店里，一眼就看到卞振国

正独自坐在长椅上打盹。他抱着两只肩膀，脑袋沉沉地挂在胸前，脸颊上的肉也跟着垂下来，整个人看上去忽然老了不少。

我坐在他对面的长椅上仔细地观察了他一会儿，他的头坠得越来越低越来越低，差点摔到地上的瞬间猛然醒来，一睁眼看到我坐在对面，竟一时认不出来，呆呆坐了几分钟才忽然认出我来，他抹抹嘴角的涎水，竟有些高兴地说，大学生？还以为你不来了。

我已经穿上羽绒服了，他居然还是穿着一件衬衣，打着领带，我都有点替他着急了，卞叔你真不冷？他抽了两口烟，完全苏醒了，重新摆好二郎腿说，我阳气重，晚上都不用盖被子。我说，你中午不吃饭也不饿？他倨傲地看着我说，我根本用不着吃午饭，你不看看我的身材保持的。

寂静的柜台像只大船一样载着满满的货物浮动在店铺深处，他指着三面柜台说，这下就咱们两家了，以后东面的柜台是我的，西边的柜台是你家的，顾客愿意买谁家的就是谁家的生意。我说，好。

自从店里走了游承恩和龙龙之后，好像忽然之间少了很多人，变得异常空旷浩荡，像这世界上一个被抛弃了几万年的角落，却还要跟在这世界的尾巴上缓步小跑。我们二人就这么一人盘踞着一条长椅，不停喝水，轮流去上厕所。一下午进来四个顾客，他居然全慷慨地让给了我，自己一下午只是坐在椅子上抽烟喝茶，喝茶抽烟。我有些心虚，问他，卞叔，你怎么把买卖全让给我了，自己不打算过了？他把杯盖拧开，假装呷了一口水，才讪讪说，怕你不来了嘛。

顾客太少，时间便显得太多，到处都是时间，汪洋一般淹没一切，我们二人孤零零地在这汪洋上泛着小船，只得拼命找些话来说。先是商量了一番发财之道，我说应该租个大的店面装潢得漂漂亮亮的，他说一年光房租就七八万，能赶出房租就不错了还挣什么钱。我说要不去开饭店，他说他做过厨师还不知道，每天都有饭店倒闭，还敢去开饭店。我说要不开个书店吧。他说那就真得饿死了，现在的人哪有时间看书。我说那我们还是去抢银行吧。他一拍大腿说，前几年也有个人叫我和他去抢银行，我一大早去他家叫他，结果他赶紧往被子里缩，叫一点就往里缩一点，最后都缩成个球了。我说你到底是去还是不去，不去我唾到你脸上去。他敢去吗，就是真唾到他脸上他也不敢去。还敢拿抢银行吓我，当我是谁？

我笑得把刚喝进去的一口水喷在地上。他朝窗外看了半天，呆呆说了一句，世上还是睡觉最好，不用吃不用喝的。

好容易进来个顾客，挑了个五块钱的鞋刷走了。我们俩继续相对而坐，他点上一根烟，用那只戴戒指的手往后拢了拢头发，说，大学生，你那么高的学历，又留过学的人，每天坐在这门市上做小买卖，你就甘心？

我说，我觉得挺好的啊。

他很聪明地笑了笑，还挺好？那你给我讲讲北京的事情呗，我多少年没出过门了。

我想了想，说，好，我给你讲一个。我一个最要好的大学同学，女的，叫闫静，我俩好到什么程度呢？我们一起上课一起去食堂吃饭，一起上自习，有时候睡觉也挤在一张床上，那可是单人床，还是上铺。有时候她睡到半夜睡不着了，就跑到我宿舍敲门要和我聊天，我俩一聊就聊到天亮了。反正我俩就好得像一个人似的。她这个人上大学的时候特爱看书，大学毕业后找的工作也挺稳定，但工资不高，文化单位嘛，你想在北京生活，所以她买什么都买最便宜的，去超市买面包都买快过期处理的，夏天半个西瓜就是一顿饭。就这么一个人后来忽然把工作辞了，跟着一个人去办什么文化杂志。结果这杂志做出来后也没什么市场，每期都亏钱，每期亏着还是要硬办下去。我还问过她，给你发过一次工资吗？她说，都欠着呢，一分少不了。我说，赶紧走吧，你怎么还在做那杂志？她说，再等等，等做出来影响力就好了。我说，影响力什么时候出来？她说，再等等，再等等。结果慢慢就坐吃山空了，和他们一起做杂志的其他人工资都不要了，陆续都走光了，就剩下她死活不走，还要陪着那人把杂志坚持办下去，两个人最穷的时候一顿饭分吃一个烧饼。你猜最后怎么？最后实在身无分文了，我那同学不得已去找别的工作，把自己的信用卡留给了那男人解燃眉之急，那男人就此消失不见。一年以后银行起诉了她，说她恶意透支信用卡。

他的烟僵在手里，问我，那她怎么办？坐牢了？

我微微一笑，说，那就不知道了，后来怎么样她没告诉我，我也不好意思多问。

卞振国把手里的香烟揉捏了几下，半天才吸了一口，然后慢慢问我，你说你这同学到底是图的什么？我笑着说，我也想不明白，你觉得是什么就是什么呗。他紧皱着眉头，她爱那男人？不像。指望办个杂志能赚大钱？一次工资都没发过她自己又不是不知道。被人骗了？也不像，明明知道在赔钱还不赶紧跑。

他边说边笑了起来，我看起来比他还要开心，以至于哈哈大笑起来。他都笑完了我还停不下来，又独自笑了半天。

他忽然扭过脸来盯着我说，大学生，你又不是第一次听说这事，怎么把你笑成这样。

我避开他的眼睛，说，有趣呗，我给人讲一次就要笑一次。

他怂恿我，还有别的故事没，再讲一个嘛，坐着也是坐着。

我说，还是讲我这同学吧，她的好玩事多着呢，再给你讲讲，反正你也不认识她。她不是特爱看书嘛，又总喜欢和人讨论什么人性啊自由啊之类的话题，所以看上去挺有学问，还挺清高。周围的男生她一律看不上，只有我知道，她其实喜欢过一个男生，还非常喜欢，那个男生好像一直也没女朋友，大三的时候她终于给那男生写了一封很长的信。那男生也回信了，信很短，他在信中说，快别，我们真不合适。她半夜来敲我宿舍的门，半夜宿舍里不送电，她就在黑暗中一直坐到天亮。过不了多久那男生就有女朋友了，我们在校园里经常会看到他和他女朋友形影不离地走在一起。有时候走着走着，闫静忽然就要绕道走，原来是因为看到了那男生和他女朋友的背影。他们的背影哪怕只露出一点点，她都会在第一时间内看到他们并赶紧躲开。毕业几年之后她好像谈过几个男朋友，不知道为什么又都分了。我这同学后来得到一个出国学习一年的机会，就去了美国，听说在美国找了个美国人，都准备结婚了。我也只是听说的，因为她在信里从来不说这些，是不是挺奇怪？我们好多女同学都羡慕她，觉得她肯定要移民美国了。结果后来又分手了。签证到期后她并没有马上回国，又一个人在美国待了差不多一年才回国了。听说她一个人在美国的那段时间到了身无分文的地步，谁也不知道她是靠什么办法撑下来的。那段时间我们俩也失去了联系，她不和任何人联系。最有意思的是，她这样一个爱读书的人，回国的时候居然只带回一大箱从奥特莱斯买的便宜衣服。但奇怪的是，这箱衣服她后来一件都没有穿，也没有送任何朋友，在她租住的房子里原封不动地放了一段时间之后，全部都送到旧衣服捐赠点了。

卞振国抽了一口烟，盯着我，让我继续往下说。

我说，这个故事已经说完了啊。

他看着我说，她为什么不穿从国外带回来的衣服？

我笑，不知道。

他又说，那她回国以后呢？过得怎么样？

我再次微笑起来，不过是个同学，总不能一天到晚盯着人家吧。

他慢慢抽了一口烟，又徐徐把烟圈一个一个吐了出去，自言自语道，这个人是有点意思，就是说不上到底是哪里有意思。

我忽然想起闫静在给我写的那么多信里只有一次谈到了爱情，她在信里写道："……我们这样的女孩子是不可能有爱情的，不是因为我们不够漂亮，不是因为我们的家庭出身，不是因为我们没钱，不是因为我们喜欢看书……"

忽然，他像想到了什么，脸上微微一怔，手里的烟僵在了嘴边。我见状忙打岔道，卞叔啊，你也给我讲讲你当年在煤矿上的事呗，听说你当年在矿上还是个二把手呢。他立刻谦逊地摇摇头，我没什么好讲的，我最佩服的是当年我们矿上的老板，我叫他老大。说罢微微仰头看着房梁，神色肃穆，好像正向着什么虚空中的东西致敬。

烟盒空了，他踱回柜台里取出一包，慢慢拆了包装，慢慢点了一根，手居然有点抖，拼命抽了几口，像蚕吐丝一样把自己包在烟雾里面，才开口道，我这辈子最佩服的人就是我们当年的老大，那真是个有本事的人，高高的个子，长得真是一表人才哪，每天把自己收拾得体体面面的，大背头，一年三百六十五天都打领带，对别人的尊重嘛，人家那是真的讲究。把我们一帮子下岗工人集合到他矿上，我们跟着他每天都有钱赚，那家伙，一铲子下去就是几百块钱啊。当时钱多到什么程度呢，有的矿工能在山下养个老婆，在山上又养个老婆，养两个老婆，还要生几双儿女，那没钱能行？我们老大威信高，心眼善，为人公正，所以我们什么都听他的。那时候白天在山上挖煤，晚上我们就一起吃肉一起喝酒。

我看着他的大背头和脖子里的领带，忽然脊背上一阵微微发凉，只说，可惜了，这么一个人物后来怎么样了？

他使劲揉了揉眼睛，好像被风迷住了，半天才叹了一口气，红着眼睛道，他后来死了。那年煤矿上发生瓦斯爆炸，在坑下挖煤的十个矿工全死了。他把钱给那十个人的家属分完就自杀了。后来煤矿被封了，我们其他兄弟也就都散伙了。这么多年过去了，我就佩服过他一个人，直到现在每年到了他忌日，我都要上山给他烧纸钱的，我告诉你，我没有空过一年给他烧纸。

聊着聊着天色就暗下来了，最后的夕照已经从窗户里悄然撤离，柜台载着百货沉没于幽冥之中。店铺里忽然有一种拥挤的感觉，是那些古老阴森的时间在天黑之后全缓步走出来了，夜晚的时间是属于它们的。我说，卞叔，今天我们就早点关门吧，走，我请你吃饭去。他沉吟了好一番才说，还是我请你吧。

提前关了店门，走在薄暮的沙河街上，我们俩都有点莫名的轻松，好像要赶去过什么节日一样，连脚步都比平常轻快。卞振国走在我身边，双手插裤兜，腰板笔直，走得气宇轩昂。我说，卞叔，平常老见你坐着，没想到你站起来居然这么高。他冷笑一声，你才发现啊，我可是一米八的个子。走了几步，他又说，你注意看我走路的姿势，挺胸抬头，好多人看我走路的样子都以为我当过兵，其实我一天兵都没当过，就是习惯了挺胸抬头，整个人看着就有气质。又走了没几步，他碰碰我的胳膊，悄悄对我说，你快注意刚走过去的两个女人，你回头看看，她们是不是走过去了还要回头看我？快看看。

我便回头看了看，那两个刚走过去的女人确实正回头看着我们。一边看还一边交流着什么。我说，好像是有两个女人正在回头看你。他不太高兴地说，什么叫好像。我说，我高度近视眼看不清。又往前走了一段路，他又用胳膊轻轻碰了我一下，颇有些得意地说，大学生啊，你看吧，你只要这样和我一起出来走两次，你在县里马上就出名了。你看吧，这一路上只要看见我们的人回头都会去打听，那个和卞振国走在一起的女的是谁？从来不见卞振国和什么女人在一起，卞振国怎么就愿意和她走在一起？

我笑了笑，是吗？他语气愈发亢奋，你以为？我平时见了那些女人们连看都不看一眼的，她们都拼命想凑过来和我说话，我从来懒得搭理她们。

我又笑了一下，并不多言，他见状便也不说话了。我们默默走过了两条街，这时候已经走到北关路了，路旁新开了一排小饭店，看上去生意寥落，死气沉沉，都没什么人来吃饭。我说，卞叔啊，你想吃什么。他站在那里犹豫了半天，最后带着我向一家门面简陋的家常菜馆走去。他边走边说，这家饭店是熟人开的。走到门口看见几个大字，红红家常菜馆。

饭店里只有一个老头正就着一头蒜吃一碗桃花面，前台坐着一个年轻女孩埋头玩手机，她面前摆着一只巨大的玻璃貔貅。看见我们进来也只是躲在貔貅后面翻了翻眼皮，并不打算搭理我们。我悄悄说，这里的服务态度好像不大好啊。卞振国用一个指头敲打着桌面，大声说，红红啊，你爸爸呢，让他出来陪我喝两杯。有阵子没见你啦，真是越变越好看了，打算什么时候结婚啊？话音刚落，啪一声，一本油腻腻的菜单朝我们头顶飞了过来。

他点了一盘油炸花生米，一盘过油肉炒小花卷，拼了一盘素凉菜，又要了一瓶三十五度的柔绵汾阳王。我说，卞叔，这也太简单了吧。他摇摇头，你不知道，我只要一喝酒就没地儿吃东西了，因为酒也是粮食。

他下酒速度极快，只一眨眼的工夫，酒

就剩下半瓶了。吃菜果然很少，半天才举筷子夹一粒花生米，好像有点不好意思吃一样。我说，卞叔啊，你这穿衣服省，吃饭也省，光喝酒就行，怎么觉得你像神仙一样。他拿手里的酒杯和我杯子里的水碰了一下，一口喝干了，眼神迷离，轻轻摇着一个指头对我说，我不需要那么多东西的，其实我根本不需要。我喝了一口水，说，卞叔，那你最需要什么。他拿起酒杯朝空中举了举，好像这屋子的什么角落里还坐着一个看不见的人，他又饮下满满一杯，然后神秘地笑着说，你不是还是大学老师嘛，有文化，你猜。我说，这我真猜不到。

他忽然一拍桌子道，不对啊，大学生，你怎么一口酒都不喝？连酒都不喝了，这人还有什么意思？你知道我们当年在煤矿上的时候是怎么喝酒的吗？晚上我们聚到一起，找一只大桶，把啤酒白酒全都打开，有时候一开几十瓶，统统倒在大桶里，拿葫芦瓢一瓢一瓢舀着喝，一晚上全部喝掉。你想想，这么喝过酒，能没有情分？我说，卞叔，我不会喝酒，不过你都这么说了我就陪你喝一杯。

说着我也喝下一小杯汾阳王，他高兴起来，使劲拍着我的肩膀，不停地说，这就对了，这就对了，不喝酒你就是看不起我。

结果，一瓶酒都到底了，菜还几乎没怎么动。他喝得两眼发红，像只迟钝的大兔子坐在那里。我抢着要去结账，他一把拉住我的胳膊，把我一下摁在椅子上，我说，卞叔，不是说好的吗，今天我请你。他并不理会我，只是大声对坐在前台的女孩说，红红啊，和你爸说一声，今天可是我过来吃饭了，就说是卞振国过来吃饭了，看他好意思收我的钱不？他要是好意思收钱，我看他以后还怎么见我，我非唾他一脸不可。

我赶紧又起身说，我来结账我来结账。他又一把把我摁在那里，说，你敢。前台的女孩眼皮终于翻了一下，不冷不热地说了一句，你这不是白吃了一次了吧。他张嘴要争辩什么，这时我一用力，使劲挣开他的手，霍地站了起来要往前冲。他又一把拉住我，我忽然扯着嗓子大叫了一声，放开我。饭店里所有的人都被镇住了，包括坐在前台的那女孩，都扭过头来无声地看着我们。趁此机会我两步走到前台把账结了，那女孩稍微犹豫了一下，还是把钱收下了。临出门时，我听见卞振国在身后有些凄凉地说了一句，红红，原来你还真好意思收我的钱啊。

我们二人在晚风中踉踉跄跄地往前走了一段路，都久久没有说话，好像两个人都喝多了。我们就这样一直游荡到了县城最北面，这里是一大片荒芜的旷野，估计过不多久也会被开发成新的楼盘，古老的县城正被这些崭新的楼盘渐渐淹没。我们站在旷野里，有很冷很硬的风飕飕从我们身边割过去。他掏出烟盒发现已经空了，便揉了揉扔在了地上，我说，卞叔，你的烟抽完了？要不要我帮你去买一包。说着我准备往回走，他忽然大喝一声，你敢。我站住说，你不是没烟了吗？他有点蛮横地又说了一句，你敢。我便不动了，他也站住不动，我们又是久久没有说话，只是不时抬头看看夜空。初冬时节，猎户座已经出来了。从小到大的每一个冬季里，它都在寒夜里陪着我，从不曾失信过，简直像是我的远房亲戚。我抬头久久地看着它，在荒野之上，它看起来真的像一个巨大的猎人正站在头顶俯视着我们，肩部装饰着璀璨的钻石，腰间佩戴着宝剑。一种来自宇宙间的威严挤压着我们，让我们觉得这荒野分外空旷、分外巨大，却又根本无处藏身。

他也跟着我，仰起头久久看着天上的星星，过了很久，忽然说了一句，如果我们老大还活着，他就不会让我变成这样。

我没说话，只是感觉有点冷，往紧裹了

裹衣服。忽然有一颗流星或是什么不明飞行物在我们头顶倏忽而过，无声无息，带着一条绚烂的大尾巴。在那一瞬间，这片旷野和我们两个人的脸都被它倏地照亮了，又倏忽熄灭。一切重新沉入黑暗之海。它已经游过去很久了，我们还站在原地，久久目送着它，不肯挪动一步。

他说，那会不会是一只飞碟。

我说，有可能。

他说，你想不想坐着飞碟飞到别的星球上去看看。

我说，卞叔我告诉你实话吧，我其实是个外星人变的，现在要回去了。

他哈哈大笑。我说，记得在哪本书里看过，说只有那些最孤独的人才可能遇到飞碟，因为孤独能让人听见天地间的声音。

沉默了片刻，他忽然说，大学生，你虽然长得并不好看，但我还是挺喜欢你。

7

晚上，我和刘太凡歪在沙发上，她在看电视，我在手机上翻看着一篇文章。忽然，她往我跟前凑了凑，我一抬头，发现她手里像变戏法一样变出了一顶帽子。我一愣。她小心翼翼地把帽子托在手上，好像怕它会化掉，她趁着电视机里的两个女人也在说话的当儿，快速对我说，冬天戴帽子也可以，就不用戴那个了。她说完了，电视机里的两个女人还在说，听起来好像屋子里坐满了人，很是热闹。

我看着她手里的那顶帽子，是用暗红色的细毛线勾出来的八角帽，帽子顶部还缀着个大绒球，感觉戏台上的武松戴的也是这样一顶帽子。我把帽子接过来戴在头上给她看，她干巴巴地笑了一下，又快速说，把假头发摘了吧。声音很低，生怕被我听见一样。我顺从地摘下假发，亮出一头极短的头发，上面有一块雪白的头皮，我把帽子戴在了头上。

她飞快地看了我一眼，忽然，手里又变出了另一顶帽子，这顶是用黑色毛线织的渔夫帽，她说，要不再试试这顶，看哪个戴上好看。我生怕她手里还会变出第三顶帽子，连忙说，都好都好。话音刚落就见她手里真的变出了第三顶帽子，我有些绝望地看着这顶帽子，这是一顶用灰色呢子缝制成的贝雷帽。

我手里全是帽子，秋天喜获丰收的光景，我有些生气地说，你做这么多帽子干吗？她连忙低声下气地说，就这三顶，再不做了，再不做了。我坐在那里半天没言语，好像我必须生一场气才能抵消这三顶帽子压在我手上的分量。她一副知错就改的样子，坐在一边塌着腰，眯着眼睛认认真真看电视。

我们俩默默地看了会儿电视，她忽然对着电视机说，你的头发怎么少了一片？好像正在和电视机里的人对话。我迟疑了半天才说，想不起来了。

我半是惊恐半是欣慰地发现，我没有说假话，我是真的想不起来了。

她猛地扭过脸来看着我，目光里有些不安。我对她笑了一下，说，不知怎么，就是想不起来了，可能现在记性不好了。她好像不敢再看我，又慌忙去看电视机。

电视机里的两个人不知为什么突然不说话了，整个屋子沉入了一种有些邪气的安静里。这时候，她又说了一句，你真不打算回北京了？我把那顶贝雷帽戴在头上，侧身从窗户里看着自己的影子。窗外是半透明的黑暗，灯光和星光没入其中，海一般空旷浩荡，我的影子也落入其中，薄薄地漂在海面。因为这顶帽子，使我看起来像个自己从未见过的陌生人。我对着窗外说，你都问过好几次了。

她又重复了一遍，声音有些异样，你真不打算回北京了？

这次回家以来我第一次听出了她声音里的悲伤。

我把额头抵在玻璃上，玻璃里的那个人便静静地与我依靠在一起，也或许，我才是她的影子。就在那个瞬间我忽然明白了，我想不起来其实是因为我根本不愿想起来。

我又说了一句，不回去了。她呆呆看了很久的电视才说，你为什么就不想回北京了？总得有个理由吧，人家问起了我好有个交代。我看着窗外的黑暗，犹如与一只庞大的怪物对视，我说，不想在北京待了。她说，我不相信。我说，真的。她忽然吧嗒一声把电视关了，像用了很大的力气把电视里的那些人全推出去了，整个屋子猝不及防地掉进了一片巨大的死寂中。我吓一跳，回头一看，她就站在我身后，她像个法官一样一拍桌子，用很大的声音说，好，那就说好再不回去了。

她身上有一种我从没有见过的坚固之美，使她整个人看起来很大很牢靠，几乎把我镇住了。她站在那里说，那你以后就准备和我过吧，我要是哪天死了，你就养个猫猫狗狗一起过。今天你春丽阿姨还说要给你介绍一个，被我一口回掉了。她要介绍的那男人抠门快抠死了，听说他要是租双靴子，那就熄灯了连睡觉都要走路，要是租个帽子那就连睡觉都要戴着。你要留在县里不走了，人家就给你介绍这号男人，我就看你怕不怕。

我笑得前仰后合，她却立在那里悲伤地说，真是块滚刀肉，跑了那么远，国外也去过了，结果自己又跑回来了。

第二天早晨，我起床的时候天光还没有放亮，却发现刘太凡的床上已经是空的了。过了一会儿，她携带着一身寒气从门外扑了进来，裹着围巾，穿着一双过时的运动鞋。我大惊道，你怎么是从外面回来的，半夜出去的？她一边解围巾一边说，天还黑着我就出去跑步去了，绕着县城跑了一圈，跑又跑不动，跑两步就走三步。我说，你怎么忽然想起来去跑步了，我从来没见过你跑步。她卸下棉衣，又卸下棉衣里面的毛坎肩，忽然说了一句，我得多活几天陪你啊，要不到时候怕你连个说话的人都没有。

天气愈发冷了。店铺里原来放桌子的地方生起了一只不大的铁皮炉，大茶壶放在上面烧水的时候，就好像炉子长出了一个大大的头，看上去头重脚轻。炉子闷一晚上，到了第二天早晨，店铺里连点热气都没有，像土地庙一样阴森森的，得赶紧把炉子唤醒。

这天早晨我到了店里一看，卞振国已经把炉子拾掇好了，正捧着保温杯喝水，大概是水很烫，他大声地一点一点地啜吸着，走近了才发现他鼻子下面挂着两行清鼻涕，见我走过来，忙又使劲吸了回去。

我见他衬衣外面还是只套了一件西装，便感叹道，卞叔啊，你还真是不怕冷，你看看，今早连水龙头都结冰了。他放下水杯，从兜里摸出一只扁扁的铁皮酒壶，拧开喝下去一口。他指指酒壶，说，没事，只要有这个，身上就能暖和，我不喜欢把自己穿得像只狗熊一样，冷就冷点嘛，冷了人还精神。

椅子冰凉，我不敢坐下，走来走去跺着脚。他也站起来，时不时吸吸鼻子，一手插在裤兜里，一手拿着酒壶，以一种过于潇洒的姿势立在火炉边，只是立着，并不烤火。立了片刻，他忽然扭头对我说，大学生，今天太冷，估计也没什么生意，我们把店关一天吧，我带你去一个地方玩去。听他说今天把店关了，我吃惊地看着他，他正了正脖子里的领带，肃然说道，谁还不能给自己放个假了？人家游承恩把房子都卖了，我们少做一天买卖算个什么。前几天我路过他家的时候还进去看了看，果然已经住的是别人了，狗日的，连房子都能说卖就卖。

冬日的光线从玻璃里透进来，像是磨砂过的，隐隐约约地渗着寒气。他像个枯瘦的剑客来回在地上走动，走了几圈，忽然果断地敲了敲手中的铁皮酒壶，好像那是他手中的一把宝剑，对我说，走吧，带你去一个好地方。

我们两人坐着摇摇晃晃的公交车在山路上盘旋上升。公交车里坐着满满一车准备上山的人，不管男女老少，基本都是黑色或蓝色的臃肿冬装，看上去黑压压一片，像载着一车乌鸦缓缓前行。人们嘴里哈出来的热气撞到冷玻璃上，形成一层厚厚的水雾。我们就这样被水雾包裹成一个大团子在山间移动，看不到窗外的景色，也不知道到底走到哪里了。人们脸上都没有什么多余的表情，只听车上有一个手机忽然开始大声唱歌，人们都静静地听着，没有人接电话。手机唱了足足有一分钟，才有个穿黑棉衣的老太太大声说，这是谁的手机在唱，不会是我的吧？手机继续唱歌，她又说，还真是我的？怎么听着是在大老远的地方唱。她终于接起电话，可能是耳朵不好，她怕人家也听不见，便对着手机大声吼道，旅游？我不去，旅游要花好多钱的，我去旅游也就买个雪花膏。

车在葫芦峪口停了一下，我和卞振国连滚带爬地从车上下来。等车缓缓开走了我才发现，一片灰蒙蒙的荒山里就立着我们两个人的影子。枯树枝上长着大大小小的鸟窝，那些高大的树木举着光秃秃的树枝，直刺向灰蒙蒙的天空。一阵山风不知从哪里钻出来，只觉得骨头差点被吹散架。我的声音也被山风嚼得犬牙参差，……卞叔……你……

还真不怕冷？

只见卞振国冻得脸色发青，流着两道清鼻涕，却也只是稍微把身上的西装往紧裹了裹。我突然发现他今天打了一条红色的新领带，好像是特意赶到这深山里来参加什么隆重的节日，可周围除了树木就是树木，看不到任何人影。顶着山风往前走了几步，他掏出口袋里的酒壶，直着脖子灌下去一大口，然后对我说，大学生，你不知道，我们老大当年就是一个人在家里也要穿得整整齐齐的，也要打着领带，千万不要以为没人看你就能胡乱穿，衣服本来就不是穿给别人看的，是穿给自己看的。

他嘴里新鲜的酒气喷出来，和寒冷的空气搅在一起，合成了一种奇异的金属，击打在我脸上。他整个人看起来坚硬冰凉，又好似比平时大了一圈，五官竟分外清晰，连眉毛上的霜花都一粒一粒数得见。我从没有觉得离他如此之近过，以至于近得令我都有些生畏起来。爬一个陡坡的时候，他先上去了，我上不去，他伸出一只手给我，我没有碰那只手，但试了几次怎么都爬上不去，最后我只好握住他那只手，由着他把我吊了上去。

他的那只手也像是金属质地的，冰冷地钳住我的手，我试图把自己的手挣脱出来，他却继续钳着我的手往山林里走。在阴郁的天幕下整片山林灰蒙蒙的，看不到路在哪里，到处是枯枝败叶。我叫了一声，卞叔。他像没有听见，继续拉着我往前走，我又大叫了一声，卞叔。他还是没有停下。我背上倏地出了一层冷汗，拼命挣扎着把那只手拽了回来。他在一步之外忽然站住，扭过头来看着我。我有些害怕，又叫了一声，卞叔。

他和平时看起来不大一样，好像这山里有什么东西附在了他身上，他身上附加了另外一个人的重量，目光也是叠加了另一个人的，所以他看起来分外庞大，还有些空荡荡的，像座山间的废墟，略带阴森。他的声音听上去也很陌生，大学生，你知道吗？你真的一点都不好看，可是我还是觉得你很有魅力。我能抱你一下吗？

我尽量平静地说了一句，我是一直都叫你叔的。他呆立了几秒钟，很干脆地说了一个字，好。然后转身又往前走，我愣了愣，环顾四周，全是山林，连东南西北都分辨不清，只好跟了上去。我们两人一言不发地在山林里穿行了很久，我几次想掉头回去，又怕独自在山林里迷路。一路上都没有看到一个人影，他只说快到了。我们走到一座山头下时，那条羊肠小道也消失了，只有高大的树木和大片密密麻麻的灌木丛。他忽然说了一句，到了。他向灌木丛走去，我也跟着过去，走到跟前，才发现灌木丛后面隐蔽着一个被砖头封起来的洞口，看上去像是被废弃的煤窑，不认真看根本看不出来。他指着洞口说，看到没，这是当年刚采出来的煤矿就被封了，里面的煤还多着呢。洞口是我当年亲手封起来的，你看看这么多年都没人能找到这里，只有我一个人能找到，因为我对这山里太熟悉了。你别看我和人合伙开着个小门市部，其实这些年里我心里一直想着怎么能把煤矿再办起来。要不是现在查得严，我早办起来了。开个煤矿那是怎么赚钱的。

他背过风去点了一根烟，大概手早冻僵了，点了几次才终于点着。他深深吸进去一口烟，然后极缓慢地喷出一缕青烟，很有威仪的样子，似乎这样才能与身后的宝藏相匹配。抽了几口，他又叼着烟，慢慢踱了两步，目光骄傲地逡巡着周围的山林，像个栖息在此处的国王。他好像一点都不怕冷了，有什么看不见的东西正轰隆隆地炙烤着他。抽完一根烟，他问我，知道现在煤炭多少钱一吨？我没说话。他便又摸出一根烟叼在嘴上，几次三番地点烟。就在这个时候，我忽然发现山林里飘起了细细的雪花，白色的六角形雪花在铁灰色的天幕下看起来分外洁净，悄无声息地落在枯树枝上、灰败的灌木丛里。他那只拿着打火机的手停住了，叼着香烟盯着天空看了几秒钟，忽然把烟吐掉，扭头对我说，快下山。

我们顺着来时的羊肠小道拼命往前奔跑，就这样，那条细弱游丝的小道还是抢在我们前面迅速而无声地消失了。雪越下越大，从细小的雪粉变成了大片的六角雪花。我从没有见过这样白茫茫的寂静山野，天地初肃，混沌未开，万物藏匿于白雪之下，林间有寒鸦数点，叫声在雪中听起来尤其凄凉苍远。因为路的消失和漫天的雪花，我渐渐生出一种错觉，我不是在用脚奔跑，而是正悬浮于空中，我觉得自己已经没有了重量，轻得吓人，也不知道正飘向哪里。他忽然拽住我，把我重新拖到地上，把酒壶递给我，说，喝一口。我甚至来不及多想什么，只看了他一眼，便抱着酒壶喝下去一大口，酒在喉咙间燃烧，继而是五脏六腑。他也仰起脖子灌下去一大口，然后他再次拉住我的手奔跑，这次我没有挣扎，我们僵硬的身体和嘴里的酒气相互碰撞，酒精带来的热气在迅速消散，连身体里的恐惧也正被寒冷燃尽。他大声说，看见没，这旁边的山谷就是条河道，听我的，只要跟着河道走就肯定能出山。

8

顺着河道果真就出山了。我们站在葫芦峪口的山道上，隐隐约约看见下山的末班车顶着一头白雪，圣诞老人一般正从山路上缓缓挪下来的时候，都有些不敢相信那真的是一辆公交车，倒像是一个正向我们逼近过来的阴谋。他站在那里使劲朝公交车挥了几下手，然后以一种突然放松下来的姿势慢慢点了一根烟，小心翼翼地抽了一口。我也在漫天大雪中要了一根烟点上，被雪扑灭了，又抖着手点上，好像今天不抽根烟都没法往下过了。车又离我们近了些，看起来更像公交车了，他忽然对我说，其实就你我两个人留在这山里也不错，你不是在北京也待不下去了吗，在这里不用怕的，在这山里什么都不用怕，多自在。待在山里就是挣不到一分钱也饿不死，因为山里的吃的太多了，还有我保存在山里的那眼煤矿，你也看到了，挖个二三十年不成问题，挖五六十年也不是没有可能。

公交车更近了，更逼真了，我们再次朝它拼命挥手，公交车以散步的速度向我们踱来，近了，更近了。就在这时，他在雪地里用很大的力气踩灭烟头，忽然抬起脸对我说，我能抱你一下吗？

他的头发上眉毛上全是雪花，声音不大但很硬，有些哀求还有些蛮横。我把手里的烟头最后抽了一口，然后扔到雪地里，立刻在雪地里烧出一个洞来。我说，我一直都叫你叔的。

他不再说话，用手撣了撣身上头上的雪花，正了正领带，上了已经停下来的公交车。

车上除了司机只坐着一对表情呆滞的老年男女，也许是一对老夫妻，守着一篮刚炸出来的油果子，大概是要送到山下去的年货。我俩坐到了公交车的最后一排。我从车窗里看着外面，只见天地间一片白茫茫，远处的群山像白色的象群，威严肃穆，壮阔似重返史前时代。我们的汽车极缓慢地在山路上爬行着，司机似乎已经开着开着睡着了。车厢里的光线正可怖地变暗，我们所在的车厢如一块漂在海面上的碎冰。雪光在我们的脸上和手上反射着，我们尚能看清彼此。他呆坐着半天没说话，大概是因为离那隐匿的煤矿越来越远了，它正渐渐失去威力，或者他自己本来就明白，那眼煤矿其实只能被永远地藏在那深山里了。

汽车趺趺撞撞往前爬行，我们坐在车里跟着汽车前后摇摆。忽然，他好像又活过来了，语调有些猖狂地对我说，大学生，你都这把年纪了，不会是还没谈过恋爱吧。我看着外面的大雪说，谈过，吹了。他说，怎么就吹了呢。我说，不合适呗。我忽听他鼻子里长长笑了一声，然后他带着某种快意问我道，你们在那方面怎么样？我愣了一下，说，怎么问这个。他张望着车窗外面说，我告诉你，男人要是没有自己喜欢的女人，那是宁肯自己解决都不找女人的。你看喜欢我的女人那么多，可我谁都不找，宁愿自己解决，因为我看不上她们。你虽然一点不好看，但我还是喜欢你的。

我注意看着前面那对老年夫妻的背影，看他们是否在偷听我们说话，但他们一动不动，好像冬眠了一般。这便显得我和卞振国的声音像装了扩音器一般在车厢内震耳欲聋，只听他的话又绕了回来，大学生，我再问你一次，我可以抱你一下吗？就一下。

我忽然发现坐在前面的老女人侧面的脸

正慢慢咀嚼着，她正在悄无声息地吃油果子。原来他们根本不曾睡着。我有些恼怒，大声说，不可以。他也把很大的声音回掷给我，好，只要你将来不后悔就行。我说我为什么要后悔。他说只要你不后悔就行。我说我怎么会后悔。他说只要你以后不后悔就行。

然后，整个车厢再次死寂下去。车窗外的天色越来越暗，我不由得一阵恐慌，又盼着车厢里能有点声音。看看前面那对老夫妇，他们仍然像一对老树懒一样迟滞缓慢地守着那一篮油果子，不为油果子之外的任何东西所动，车外的大雪和他们也毫无关系。司机只有一个模糊遥远的背影，不知道是睡着还是醒着。这时，忽听见卞振国又开口道，我是说真的，你可以对我提任何要求，包括身体上的。只要你提，我就答应你，我是从来不失信于别人的人。我虽然也五十多岁的人了，但我脱了衣服你就能看到我身材有多好，我对自己要求很严格的，绝不允许自己长成个胖子，所以我常年一天只吃两顿饭。我的皮肤比很多年轻人的都光洁，没有一点皱纹，我仔细看过，还发着光。你看我站着的时候都没有一点小肚子吧，躺下那就更没有了，平坦得像小后生似的。就是喝了酒也不影响我那方面的能力，虽然我已经二十多年都没有了。我也不是不需要，都是人嘛，可是我绝对不乱找女人，最多自己解决一下。你不让我抱就算了，只要你将来不后悔。

一边说着话他一边整了整衬衣的领子，我担心他真的要把衣服脱下来给我看，连忙打岔道，卞叔啊，过去的毕竟都过去了，人总是要往前看的，小煤窑再赚钱也是不允许开了，那个时代已经过去了。

他像是完全听不到我在说什么，继续自顾自地说，我年轻的时候，喜欢我的女人太多了，但我对谈恋爱也没什么兴趣。有一次碰到一个长得很漂亮的女人，她老想追我，我也没怎么搭理她。后来有一次看电视的时候我忽然在电视里看到了她，你猜怎么，原来她是电视台的主持人。这种女人还不知道有什么后台呢，幸亏我没搭理她，不然真是惹上麻烦了。

我也在另一条轨道上固执地滑行着，卞叔啊，和你说，我小的时候觉得人和人都是一样的，到十几岁的时候肯定就不这么想了。我也想过，西方国家里的那些服务员啊清洁工啊怎么就不觉得自己低人一等呢，我们国家怎么就办不到。可是过去了这么多年之后，我又开始觉得，人和人最后其实都是一样的。

我想起闫静在一封给我的信中曾经写道："……今天读尼采的《权力意志》，读到一段话，倍感欣慰。他说：一种巨大无匹的力量，无始无终，一个奔腾泛滥的力量海洋，永远在流转易形，以各种形态潮汐相间，从最简单的涌向最复杂的，从最静的、最硬的、最冷的涌向最烫的、最野的、最自相矛盾的，然后再从丰盛回到简单，从矛盾的纠缠回到单一的愉悦……”

但他真的听不到我在说什么了，在渐渐昏暗下来的光线里，他看起来表情夸张，手舞足蹈，有些过分欢乐。但因为车厢里太静了，这欢乐便使得车厢里忽然多了些恐怖的意味。只听他又兀自往下说，告诉你吧，我一辈子就爱过一个女人，就是我的初恋对象，你不知道她长得有多好看，跟林黛玉似的，没人能和她比。我们当年一起进的工厂，每天一起上班下班，都准备结婚了。后来她姐姐忽然把她叫到了北京，我一开始还不知道，后来才知道，是她姐姐在北京给她介绍了个对象，是个印刷厂的工人。她为了能留在北京，就同意和那人结婚了。她结她的婚，我拦不住她，可是我自己可以不结婚啊，所以我一辈子都没结过婚，告诉你，我还真不后悔，我从来就没有后悔过。在我最有钱的时候我都没有结婚，你知道那时候我多有钱，你想都想不见的，那时候每天往上扑的女人都不知道有多少，可没有我真正觉得喜欢的，所以我不结婚，到现在我就更不会结婚了。她在北京其实过得并不好，听说没过几年那男人就从厂里下岗了，后来她也下岗了，他们又没有孩子，两个人就一直住在一套四十平米的小房子里，听说她每天都有半天是在地坛公园里溜圈。这么多年里，我们工友的聚会她从来没有参加过一次，有工友去了北京想找她，她也从不出来和人见面。我有钱的时候她当然不会和我联系，后来可能是听人说我又没钱了，混惨了，才问人要了我的电话和我联系上了。再后来有了微信，我们又相互加了微信，她时常给我发发养生的东西，要么就半夜发首歌过来让我听，从来不说她过得怎么样，也从来不问我过得怎么样。自从她去了北京之后，都三十年了，我们再没见过面。我对你有那么丁点喜欢，是因为你是文化人，没有别的，你长得真的不好看，比我那初恋对象差远了。

我已经不忍心去看他的脸，只觉得我们两个人的身体都已经失去了重心，像气球一样正要飘出车厢。忽然，我一把摘下戴在自己头上的假发，我就着车窗外的雪光对他说，卞叔你看，其实我比你想的还要难看。你不说我的头发像假的一样吗，因为它就是假的。你看，我掉了一片头发，连头皮都露出来了，不能见人，所以才戴了假发。

他忽然就不说话了，张着嘴，有些惊惧地看着我。那顶假发静卧在我手心里，毛茸茸的，像一只黑色的小动物。

车窗外一片漆黑，只有车灯从雪地里刨出来的两束光亮，我们已经失去了时间感，不知道车是在走还是在停。忽然见坐在前面的那个老妇人慢慢蠕动起来，慢慢起身，慢慢转身，竟是向着我们移动过来。见她忽然会动，我吓了一跳，又见她仿佛要朝我走过来，更是觉得害怕。她的黑影慢慢移动到我们面前，忽然向我伸出两只手来，我没有来得及多想就接住了。是一捧油果子。

那个晚上，车在雪地里走了很久很久，以至于我疑心是不是几年时间都要过去了，忽听见司机终于说了一路上的唯一一句话，车站到了。声音不高，但不容置疑，我猜想法官在法庭上大约就是这么说话的。

最冷的时候到了，积雪在屋顶和树梢上结成了一层晶莹的冰壳。我穿起厚厚的棉衣和棉鞋，换着戴刘太凡给我做的各种帽子。她后来又陆陆续续给我做了各式各样的帽子，我一再阻止，说再做下去我都能开个帽子店了。她嘴上答应一下，过了几天又徒手变出了一顶帽子。她每做一顶帽子，我就挂在墙上，渐渐地，那面墙变成了一个巢穴，各式各样的帽子都栖息于此。刘太凡每天早晨五点起来跑步，风雨无阻，刚开始的时候跑几步就得歇几步，慢慢地她能绕着县城跑完一圈了。有两次我起床早了，便到楼下等她，却见她跑步回来的时候手里还拿着几只空饮料瓶，大概是从路边捡的。她一看见我，便像个小学生一样把瓶子藏在身后。此后我就不再下楼等她。

我走在冬天的沙河街上。很多人家的门洞里一边摞着高高的蜂窝煤，一边垛着大白菜，怕大白菜被冻伤了，还在上面盖了破棉被。十字街头炸油条的女人穿得像只北极熊，戴着风雪帽，单把两只眼睛露在外面，猛一看，还以为是拦路打劫的。卖炒面的坐在街头烤着炒面用的小火炉，不时往炉子里添块炭。在红色的火光里，炭星四溅，那双烤火的手变成了柔软而眩晕的波浪形。每次看到炒面我就想起龙龙，他和游承恩不知道去了哪里，不知道他有没有入了武当山，有没有在山顶上为自己驯好一只大雕，然后骑着大雕从一座山峰飞到另一座山峰。

有时候会遇到一些从那画着十字架的院子里走出来的人，我会努力对他们微笑。因为有时候我会觉得我的父亲可能正藏在他们中间。可是，从来没有。我再也没有见到过他。有时候我看着路边烤着火堆卖土豆卖白菜的下岗工人，又会在瞬间里相信父亲的消失也许只是为了不让我看到他的下半生。

从那天下山之后，卞振国便再没有和我提起过那眼被他珍藏在深山里的小煤矿。数九寒天里，他仍然是一件衬衣一件西装，脖子里依然整整齐齐地打着领带。我惊叹道，卞叔你真是属骆驼的啊，又扛冷又扛饿的。他慢慢享受着一根烟，半天才说，其实我恨不得连饭都省了，每天吃饭也是个累赘，我每天能抽点烟喝点酒就足够了。我说，不食五谷吸风饮露可是能长命百岁的。他皱了皱眉头，说，长命百岁就好？我老爹今年八十六了，以前他那张嘴比什么都尊贵，给他什么都不吃，再稀罕的东西也不吃，他说男人嘴贵一点好。现在倒好，什么好吃什么，吃完还说不好吃，反正也过瘾了。他不爱吃的就催别人，吃了吧快吃了吧。每天晚上睡觉前就把第二天要吃的想好了，第二天一起床就开始闹，要吃鱼肉要吃罐头要吃猕猴桃。人为什么最后都要死呢，我现在才算想明白了。我最近老是在想，要是我当年在山上开煤矿的时候和那些矿工们一起死在了矿上，又会怎么样呢。

他忽然停住了，继续眯起眼睛抽烟，目光聚拢成两个很硬的点，落在一个无名的地方。我心想，他总认为是他当年在山上开煤矿，可见他真的已经把自己和当年的那个煤老板搞混了，连他自己都分不清了。我伸出两只手放在炉子上反复烤着。偌大的店铺里，只有炉子周围裹着一圈热气，必须得抱着炉子才不至于冻手冻脚。来买东西的顾客稀少，窗外是冬日的下午，天空灰蒙蒙的，阴沉、肃杀，万物凋零，整个大地如同一片废墟。郑黑小喜寿店的生意倒是眼看着好了不少，因为寒冷，每个冬天都有些熬不过去的老人。

卞振国把烟头扔进炉子里，看着蹿起来的橘红色的小火苗忽然说，你这头发是怎么掉的，看着不像是脱发。我默默地烤着火，半天才说，真的想不起来了。他有些不相信地说，不可能吧，自己都想不起来了？我抬起眼睛扫了他一眼，这有什么不可能的。他便也不再往下说。又默默坐了一会他忽然对我说，大学生，还是给我讲讲你那个大学同学吧，那人挺有意思。

我对着火光慢慢翘起一只嘴角，微微笑着说，有意思吧。他说，有意思。我说，觉得有意思我就再给你讲讲。你还记得不，我这个同学叫闫静，爱看书，学习好，但没什么钱，倒不是她和钱有仇，可能是有些人生来就做不了有钱人。那时候租房子的时候，为了省钱，她在一个很破旧的小区里租了间房子，那小区很老了，是那种就等着被拆迁的小区。那小区里居然还有个垃圾回收站，你想想环境多差吧。我和她说，别住这儿了，赶紧换个地方住吧。她说换个地方就得两倍的房租。所以她出去约会的时候，从不让人把她送到门口，她会说附近的另一个小区的名字，在那小区门口下了车，她走进去躲一会儿，等估计送她的人差不多已经走远了再出去，偷偷溜回自己住的小区。她要出去见什么人，如果路比较远的话，她一般是先坐一段公交车，再打出租车过去。就这样，她还不愿意找有房的男人结婚，说没有尊严。后来慢慢攒下点钱了，就搬到了一个好一点的小区里，为了庆祝搬家，她特地跑到超市买了一套新的厨房用品，结果在结账的时候，一个很小的削皮刀没看到，忘了结账。于是在出超市的时候她被保安拦住了，让她去一趟防损部，她不去，保安说不去就去派出所。于是两人僵持在了门口。这时候，围观的人越来越多，密密匝匝地围了一圈，而且都不肯走，都想把热闹看完。她说，我没偷东西。保安说，偷东西的人都这么说，去防损部再说。她说，我说了我没偷东西。保安说，你不要和我说。她说，我真的没有偷东西。保安说，你不要在这里说，你进去说。她说，我要进去了，别人就以为我真的偷东西了。保安说，那我们就报警了，派出所会通知你单位和家人的。这时候围观的人又多了一圈，门口已经水泄不通了。保安拿起对讲机讲了几句什么，这时候，她做了一个动作，她从袋子里抽出那把新买的菜刀，对着围观人群说了一句，你们也不相信我吗？忽然就举起刀，一刀下去剁掉了自己左手上的半根食指。

周围忽然一片寂静。他的目光略带惊恐，偷偷地盯着我的那双手。那双手正悬在炉子上方烤火，那是一双完好无损的手。略有些苍白，但手指修长，指甲像粉色的贝壳。他盯着我那双手怔怔看了半天，然后目光一点一点地悄悄挪开了。

他说，是挺有意思。

我说，那当然。

他说，你这个同学真的挺有意思。

我说，她是我同学里最有意思的一个。

然后我们突然就不知道该说什么了。炉子里的火光载着我们两个人的影子朝着一个很深很静的方向坠去，因为实在是太静了，连自己吞咽唾沫的声音都能清晰地听到。我没事找事地往炉子里添了两块碳，碳星噼里啪啦地溅起来，像个小小的礼花。他坐在那里，用很慢的动作又摸出一根烟来，他居然放到鼻子跟前仔细闻了闻，好像是第一次抽这种烟。不知为什么，烟点了几次才点着，然后他深深吸进去一大口却并没有把烟吐出来，他把那烟全吞下去了。我用眼角的余光感觉到那个烟头正一亮一暗地在面前晃动着，我没有再看他，只是盯着炉子里的火光，反复烤着我的两只手，那两只手已经开始被烤得发红。我发现，自己的这双手确实够修长，适合弹钢琴。

这时候我忽然听见他又慢慢开口道，大学生，你讲的这个同学，后来到底怎么样了？

我头也不抬，继续烤火，嘴里说，不清楚，后来我再也没见过她，她不管去了什么地方倒是还一直给我写信，但在信里她从来不说她自己的任何情况，都是我从别的同学那里听来的。

他停顿了一下，有些犹疑地说，你俩不是好得像一个人似的？她能不和你说？她那只手最后怎么样了？

我把手放得更低了一点，以至于火苗都可以舔到我手上了。这样看上去，我的这双手忽然变成了剔透的金色。我说，卞叔，后来我真的再没见过她，她也从不和我提起她那只手。

他的鼻子和嘴里喷出一股青烟，然后他

整个人躲在这青烟里看着我，我忽然一阵不寒而栗，抬起头看着他。他说，她可是你最好的同学。

我在火光里又翘起那只嘴角，对着他慢慢地笑了，我说，卞叔，我可以把她写给我的信都给你看，你以为她在信里会说她剁掉了自己的半根指头吗？她在信里只会这样写：海德格尔说过，这是一个旧的神祇纷纷离去，新的上帝尚未露面的时代，这是一个需要的时代，因为它陷入双重的贫乏，双重的困境，神祇离去，将来临的上帝还没有出现。

他不再说话，也不再看我，只是专心看着跳跃的火光。一块新添的炭忽然在火中爆裂，发出了爆竹般的声音。

深夜，我从床上爬起来，打开柜子，翻出了大学毕业照。我想在大合照里找到闫静，明天带给卞振国看看。奇怪的是，我在那张大合照里怎么也找不到那个叫闫静的人，哪一张脸都不是我记忆中的那张脸。我又翻出那个抄信的本子，确实，每封信都抄在了上面，蓝黑墨水，厚厚一本。我翻着翻着却忽然发现，抄在上面的所有的信居然都没有落款人。

我慢慢走到窗前，看着窗外无边的黑暗，黑暗中有个倒影正无声无息地凝视着我。

9

有确切的消息传遍了整个县城，明年春天沙河街要扩建，到时候街道两边的店铺可能都要被拆掉。还有一项工程就是却波湖要被填平，因为它所在的位置影响到了县城下一步的改造。

这天傍晚，我和刘太凡一起散步来到了却波湖边。我裹着羽绒服，戴着一顶吊着两个绒球的雷锋帽。刘太凡穿着一件红色棉衣，脖子里围了一条葱绿色的纱巾，因为刚烫了个玉米穗的头发，舍不得把头发包起来。我说，这发型现在已经不流行了。她说，流行不流行和我也没关系，这样烫显得头发多嘛。我说，大冬天就围个纱巾，谁看你。她说，我头硬，从来用不着围巾。我说，红配绿这么土的颜色到了你身上倒也不难看。她把两只手袖起来，眼睛眯起看着远处的落日说，我一直觉得我挺洋气的。

却波湖已经结成了一面冰湖，血红色的夕阳把整个冰面点亮了，好像在冰湖的下面还卧着一个太阳。湖边的芦苇和干枯的野草都被冻在了湖中，有寒风吹过的时候，整面冰湖像大镜子一样纹丝不动，静极了，而湖边芦苇萧瑟荒草萋萋，仿佛是来到了世界尽头。我和刘太凡并肩站在那湖边，看着夕阳一寸一寸地落下山去。我说，到明年春天就看不见这湖了。她说，我听我爷爷说，这湖在古时候就有了，在清朝的时候湖边都是皮坊，因为要在湖里涮洗皮料。后来时代变了，不做皮衣了，皮坊慢慢都倒塌了，都被淹在了湖下面。这湖的下面还不知道埋过几个朝代呢，人世间就这样，一层一层往下埋，总有新的要出来，最后新的又变成老的，又被埋在下面。说不来到了哪天，我们这个县也要被埋到地底下，不过到那时候我早就死了，你也早就死了，我们倒是都不用怕了。

我说，我们县城以前肯定就是海底，我经常能在地里捡到贝壳呢。

她说，那古时候的那些山呢？是不是换了个个儿变成大海了？

我说，不好说。

我们在湖边站了很久很久，直到巨大的黑夜吞没了整个冰湖，也吞没了我们彼此的面目。

从湖边往家里走的时候，为了少走路，我们走了一条从没有走过的小路。反正就柿饼大的一个县城，从哪条路都能绕回去。这条小路的一边是些低矮的平房，另一边是个废弃的工厂，从工厂的院子里传出遥远的狗叫声。我们在寒风中扛肩缩脖地穿过这条偏僻的小路，走到电线杆下的时候，我看到路边开着一家很小的杂货店，店里点着一盏昏黄的电灯泡，灯光毛茸茸地从玻璃里透出来。门上贴着四个红色的字，日用百货。可能因为卖的是日用百货，走过去的时候，我和刘太凡不约而同地朝店里张望了一眼。

没有顾客，店主人正孤零零地坐在一把木头椅子上打盹。都已经走过去了，我忽然停住，猛地回过头又去看那店主人。一个满头白发的老男人坐在椅子里盹着了，两只手袖着，他鼻子上架着一副巨大的塑料框眼镜。是游承恩坐在里面。这时我才发现，刘太凡也看到游承恩了，她张着嘴，一动不动地看着里面，并没有和我说话。我心想，看来游承恩又回来了，不知道龙龙是不是留在武当山上了。就在这时，从货架后面绕出了一个肥大的身影。在那一瞬间我居然闭上了眼睛，我不忍去看清楚，但心里已经明白那是谁。刘太凡还是一句话都没有说，我们也没有过去敲门，只是在那儿默默地站了一会儿，就蹑手蹑脚地离开了。

路的尽头又传来几声依稀的狗叫。

卞振国大约也知道了沙河街来年春天要扩建的消息，但奇怪的是，他对此避而不谈。有一次我想把话题引到这上面来，他也只是低头抽烟，假装什么也没听见。

这天中午阳光煦暖，屋顶尚未融化的积雪像钻石一样闪闪发光，谁家白菜炖丸子的香味飘了很远，使这沉闷的冬日忽然生出几分璀璨。我和卞振国一左一右立在门口晒太阳，卞振国叼着一根烟，我两只手插在兜里，看着沙河街上的人来人往。卖白菜的老头开着三轮车走街串巷，他的车厢里生了一只小火炉，又在车顶上插了一支烟囱，三轮车走动的时候，那烟囱里也冒着烟，像个大玩具。他卖的白菜个个奇大无比，不知道喂了白菜什么。他抱起每一棵白菜都小心翼翼，好像载着一车婴儿。修自行车的矮个子男人在石狮子脚下摆摊，他今天戴了副眼镜，不知是近视眼镜还是老视镜，显得有点斯文。他在修车摊边上烤起一堆火取暖，不时往火里扔条拆下的椅子腿。中午的时候，他拿出一个铝饭盒，就放在火堆上煮了起来。不一会儿工夫，饭盒就发出了咕咚咕咚的声音，像只正在打呼噜的猫。石狮子静静立在一旁。从刷着十字架的院子里走出一个衣衫褴褛的老妇人，一条腿有问题，走路的时候整个人都在摇晃，她走到豆腐摊前割了一块豆腐，一只手高高托着那豆腐继续摇晃着往前走。

卞振国看着老妇人从眼前慢慢走过去，忽然说，怎么不把你那个叫闫静的同学叫过来玩？我带你们去爬山。

我笑了笑，说，她离得太远了。

他也笑着说，你还真有这么个同学？

我的笑容还挂在脸上，难道是我编出来的?

他眼睛久久看着远处，像在费力地找什么人的背影，好半天，嘴里才说了一句，其实你能回来就好。

我猛然想到，他已经很久不再问我为什么不回北京去了。

我们一左一右地立在冬日的阳光里，像两尊门神。

又站了一会，估计刘太凡快要来接我的班了，他忽然低声说了一句，李文毓要来。我说，李文毓是谁?他抽了一大口烟，烟圈慢慢都吐出去了，才说，就是我那初恋对象，她说想来见我一面。我把两只手从兜里拔了出来，说，那好啊，你们不是都三十年没见了吗?她终于肯来见你，看来也是想通了。他整了整身上的西装，一只手掸了掸衣服上的灰尘，才说了一句，可是我不想见她。

我一愣，一时不知道该说什么才好。这

时只见他冷着一张脸，把烟叼在嘴角，只顾看着街上走来走去的行人们。一阵西北风过去，可以直直把皮肉穿透，他的西装还是敞着怀，鼻涕却下来了，他微微仰起脸，想把鼻涕吸进去，却还是能看到鼻头亮晶晶的。

一直到整根烟都抽完了，他背过身去擤了把鼻涕才说，要是我当年开煤矿的时候她来找我，我就热接热待，好吃好喝地留她住段时间。

他的话再次打住，只是仰起脸来，看着屋檐上正往下滴落的雪水。我心里有些难过，对他说，你要是还在煤矿上的话，她兴许就不来看你了。她主动要来看你也肯定是知道你现在的处境了。

我小心翼翼地选着词，可还是见他嘴角一斜，冷笑一声，说，我现在是混得不好，比当年是差远了，你是没见过我当年有钱的样子。

我们两个人都沉默了下去，谁也不敢看

谁的脸。过了半天，我才又说，她也是知道你处境不太好才敢来看你。你想想她为什么要来看你，兴许她早就离婚了呢，或者丈夫没了，她也是一个人过，现在知道你也是一个人，才要来看你，都五十多岁了。

他并不言语，只是拼命抽烟，抽烟的时候两颊都深深凹了下去。

我重又把两只手插进兜里，说，你们都三十年没见了，她一个女人家主动跑过来看你，你要是不见人家，也太说不过去了。

他微微侧着脸，飞快地瞟了我一眼，然后又迅速望向别的地方，他望着一只大喜鹊的背影，像是在和那喜鹊说话，是吧，有点说不过去吧。

又过了几天。这天早晨，我来到店里发现卞振国比平时到得都早，炉子已经捅开，大茶壶里的水刚刚烧开，雪白的水蒸气凶猛地喷吐着，把茶壶盖顶起来又掉下去地嬉戏着。我看到卞振国正站在那团白色的水蒸气里抽烟，像是站在那里等什么人。我刚一走进店里，他就异常敏捷地发现了我，然后居然向我走过来两步，好像是专门为了迎接我。我张了张嘴，还没说话，他已经先开口了，她真要来了，火车票都买好了，后天早晨八点就到了。

他语速很快，好像从冰面上滑过一样。我不知道他今天早晨几点就开始在这里等着我了，居然连地也扫干净了，还洒了点水，空气里飘浮着泥土的味道。我忙说，好事啊，那你去车站接她吧。他好像这才发现茶壶开了，提起茶壶，给他保温杯里倒了一杯，又往我杯子里放了点茶叶，沏了满满一杯。我有点害怕，说，卞叔，我自己来我自己来。他沏好茶放下茶壶才说，大学生，你帮我个忙，和我一起去车站接她吧。

我一愣，然后很快就明白了他的用意。我说，卞叔啊，这样吧，我和你一起去车站，不过我就待在一边，你需要我帮忙的时候我就过去帮你，你要到时候不需要我帮忙，就假装不认识我。

他喝了一口滚烫的茶，又匆匆抽了口烟，手忙脚乱的样子，半天才点了点头。

到了第三天早晨一大早，我和卞振国在沙河街的十字街口碰了头，然后找了一辆出租车前往火车站。火车站很小，离县城大概有五六公里。他还是穿着一身西装，黑皮鞋，里面一件白衬衣，打了条浅蓝色的领带，看上去要去参加什么商务会议。我注意到他的头发还没有完全干透，已经结了层冰碴。可能是早晨刚洗的头，之所以没有昨晚洗头大概是怕睡一夜头发会变乱。他浑身上下散发着一股呛人的香皂味，出租司机不顾天冷，坚持把车窗打开一条缝。他一路上没有和我说一句话，缩着手脚，像是很冷又像是很紧张的样子。我看着外面灰蒙蒙的晨雾说，天气预报说今天可能要下雪。也不知道他到底听见了没有，半天才迟钝地嗯了一声。

我们到了火车站是七点四十。一个玩具一样小的火车站被扔在这荒郊野外，出了站只有一个小小的广场，广场上偶尔停着一辆去往县城的公交车。再往周围看去，便是北方凋敝灰败的原野，看出去很久才能看到一棵光秃秃的树，上面架着几只大大小小的鸟窝。

我说，你们说好在哪儿见？三十年没见了，怕是见了也认不出来了，还是要说好一个地方，别走岔了。他往广场的灯柱下面一站，说，说好的，就在这里等她，这里最显眼。我又问，都说好了？他紧张地说，微信上都说好了的。

我站在灯柱对面的台阶上，戴着我妈做的雷锋帽，双手插兜，远远地看着他。他独自站在巨大的灯柱下，加上衣裳单薄，看起来好像正把自己摆在那里做展览。只见他环顾左右，又掏出一根烟点上了。早晨的温度很低，我露在外面的鼻子不一会儿便被冻得要掉下来，连鞋底都被冻得硬邦邦的，走路的时候嘎嘎作响，像钉了铁掌的马蹄。只见卞振国抽烟的时候，烟从手里掉下去两次，又捡回去继续抽。我猜是因为他的手被冻僵了，连烟也夹不住了。我抬头看看天空，铁青色的天空压得极低，好像都快碰到我们的头顶了，空气里已经依稀飘出了雪花冷冽的气味，看来今天确实有雪。

八点钟到了，我看滚动屏幕上写着 K282 次列车已经到站。我朝卞振国的方向看了看，他还是一动不动地钉在那里抽烟，也没有跺脚搓手地取暖，整个人看起来好像陷入了一种极深极大的安静里。下车的人们开始陆陆续续地出站了，我一直看着灯柱下的卞振国，猜测着那个走到他跟前的会是一个什么样的女人。不断地有人从他面前经过，但始终没有一个人向他走去。他还是一动不动地立在灯柱下，没有动作，脸上也没有多少表情，手里早已熄灭的半根烟僵在空中，看上去简直是一具雕塑。

出站的人陆陆续续都走散了，小小的广场重新安静下来，我一看，那灯柱下还是站着卞振国一个人，他居然还是那个姿势夹着半根烟。我一怔，赶紧朝出站口跑去，检票的工作人员已经开始关铁栅栏了。我说，K282 次还有人没出来吗？他看了看里面说，没了，都走光了。然后便咣当一声把铁栅栏上了锁，进去了。

我慢慢走到灯柱下，走近才看到卞振国的脸和手都已经冻得发紫，手指关节已经开始肿起来，所以夹在手里的烟随时会掉下去。他紫着一张脸，脸上没有任何表情，眼珠盯着远处的田野，好像没有看到我走过来。我说，她是不是没有认出你来？你们三十年没见了，她可能都不认识你了，赶紧打她手机啊。他犹豫了一下，仍然没有看我，却终于扔掉了手里早已熄灭的半根烟，开始费力地掏手机。他的整只手都是僵的，连手机也抓不住，我帮他把那只手使劲搓了半天，才能勉强拿起手机，他用了好长时间才拨出去一个号码，放在耳边默默地听了一会儿，没有说一个字，便又把手机挂掉了。

我说，怎么了？联系不上？他终于抬起脸来看了我一眼，他脸上是刚刚挨过打的马或者是牛的眼睛，看起来很大很黑，深不见底，像面水潭一样，我都能从他的眼睛里看到我自己的影子。他低声说，关机了。

我忽然明白了，刚才路过的人群里其实就有那个女人，她确实看到他站在这里了，她一定看到了，但是，她只在人群里看了他一眼，并没有停留。然后，她便随着人群走出去，消失了。

我和他坐在冰冷的台阶上，广场上几乎看不到别的人影，公交车也走了。他哆哆嗦嗦地摸出烟和打火机来，把烟塞进嘴里，手还是僵的，点了几次也点不着。我抢过打火机，说，我来。烟总算点着了，他哆嗦着吸了几口，忽然慢慢抬起脸来看着天空。下雪了，纷纷扬扬的雪花从铁青色的天空里落下，落在我们身上，落在小小的车站上，落在北方灰败空旷的荒野上。

雪越下越大，我们一直没动，就坐在那里。在漫天的雪花里，他忽然扭过脸来，看着我说，我看起来是不是很丢人现眼？我搓着两只手，说，卞叔，你想，毕竟三十年过去了，怎么还能和三十年前一样？我估计她心里也害怕吧，走到跟前了又不敢过去和你说话。

忽然，他用一种略带凶狠的声音对我喊起来，你说，现在我要还是那个开煤矿的煤老板，我要现在还有很多钱，你说她还会这样吗？

我不敢直视他的脸，雪花已经在我们的头上、眉毛上落了厚厚一层。我犹豫了一番，终于还是说道，卞叔，你不能总把自己当成那个煤老板，这样对你不好，人不能老做梦。他忽然冷笑几声，用一种很奇怪的声音说，如果我就是那个煤老板呢？我再次打断他，卞叔，你以前不过就是个在小煤矿上给人打工的，你什么时候当过老板？

他盯着半空停顿了几秒钟，把已经被雪花打熄的半根烟放进嘴里吸了一口，然后他伸出一只紫色的冰凉的手在我肩膀上使劲拍了一下。我忽然觉得了其中的异样，不禁打了个寒战。这时只听他用一种极平静又极诡异的语调说，除了我，从来就没有人见过那个煤老板，你知道是为什么？

我不敢看他的眼睛。

只听他说，因为，那个煤老板根本就不存在。他只是一个我编出来的人物，真正的老板其实就是我。我说我替老板办事，我说我对老板忠心耿耿，他的心思我全都一清二楚，我比谁都了解他，我是他肚里的虫。那是因为，我就是他。

我呆住了。这时候雪花更大了，远处的荒野已经是白茫茫一片，天地之间的界限正在渐渐消失。我还没有来得及说出什么，就听他又说，当年那煤矿就是我开的，但是小煤矿经常会出各种事故，为了出事故后能逃卸责任我才从开始就告诉别人，还有个大老板在后面，我只是个替他打工跑腿的。

我和他的身上已经落了厚厚一层雪，大雪快要把我们埋起来了，我们还是那么一动不动地坐着。好像过了很久很久，我终于听见了自己低低的声音，我听见自己用很小很小的声音说，你要是煤老板，那当年那个自杀的煤老板又是谁？

他的声音裹着风雪，从很远很远的地方吹到了我的耳朵里，很细小却清晰到可怖的声音，他可以是任何人。

半夜我在床上怎么也睡不着。极深的夜里，万籁俱寂，我忽然明白了这句话的意思，立刻翻身坐起，惊出了一身冷汗。

一连两天我都没敢去店铺里，到第三天晚上，刘太凡告诉我，卞振国草草把存货结算了一下，都转让给她了，也没有多说什么，拿了几件自己的东西就走了。我问，他说去哪了？她说，没说。

刘太凡仍然是每天天不亮就出去跑步，现在店里就剩下了我们一家了，我们俩一边轮流看店一边打听着新的店铺。等到来年春天，沙河街被拆掉的时候，好有个新的去处。生活总要继续。

10

马上就要过年了。刘太凡买了春联、鞭炮，买了几斤猪肉和羊肉，猪肉做炸丸子和红烧肉，羊肉包饺子。除夕这天，她在厨房里忙着做菜，我负责打扫卫生贴春联。屋里屋外的都贴好了，我忽然想起还有地下室没贴，我便拿着春联和糨糊走到了地下室。地下室的走廊里亮着一盏昏暗的灯泡，看起来有些恐怖。我走到我家的地下室门口，把春联贴好，又站远了观察一下有没有贴歪。

本来已经可以走了，我却盯着地下室的

那扇门看了几分钟，忽然就遏制不住好奇地走过去，我用钥匙打开了那扇门。我从来不知道我家的地下室里到底放着些什么。

我愣住了。一串五颜六色的彩挂在墙上一闪一闪，好像有谁正躲在这里过圣诞节。我打开电灯开关忽然就看到，地下室的墙上挂了满满一墙的奖状，走过去仔细一看，全是我从小学到中学的奖状，居然都还留着。那些奖状有三好学生的，优秀成绩的，绘画比赛的，朗诵比赛的，演讲比赛的。年代久远，颜色发黄，大小不一，像补丁一样贴了满满一墙。那串彩灯也是我小时候不知参加什么比赛得的奖品。旧桌子上摆着一本破旧的英汉大词典，一个站着一头梅花鹿的粗糙的金色音乐盒，全是我童年的奖品，如今它们相聚在一起，聚了满满一屋子，看起来竟有几分梦幻感，仿佛是在这屋里连夜建起的一座奇异建筑。

我拿起那个站着梅花鹿的音乐盒，把底

下的发条一扭，居然还没坏，金色的鹿旋转着发出了叮叮咚咚的简单音乐。这音乐像是隔着雪花从圣诞老人的雪橇上飘过来的，依稀、渺茫，又好像就盘旋在我的头顶上空。

我忽然想起小时候曾在一本书上看到过，圣诞老人雪橇上的那只领头鹿是有名字的。它叫红鼻子鲁道夫。